Mila Riji

# 米拉日记

寇子 著

南方日报出版社
NANFANG DAILY PRESS
中国·广州

**图书在版编目（CIP）数据**

米拉日记 / 寇子著. — 广州 : 南方日报出版社，2015.6
ISBN 978-7-5491-1383-5

Ⅰ. ①米… Ⅱ. ①寇… Ⅲ. ①随笔－作品集－中国－当代 Ⅳ. ①I267.1

中国版本图书馆 CIP 数据核字(2016)第 051875 号

MILA RIJI
**米拉日记**

**著　　者：**寇子
**出版发行：**南方日报出版社
**地　　址：**广州市广州大道中 289 号
**经　　销：**全国新华书店
**印　　刷：**广州市怡升印刷有限公司
**开　　本：**889mm×1194mm　1/32
**印　　张：**8.5
**字　　数：**250 千字
**版　　次：**2016 年 6 月第 1 版
**印　　次：**2016 年 6 月第 1 次印刷
**定　　价：**30.00 元

投稿热线：（020）87373998-0503　读者热线：（020）87373998-0502

网址：http://www.nanfangdaily.com.cn/press　http://www.southcn.com/ebook

# 自序

preface

《米拉日记》从2006年开始写起，那个时候正是我一个人生活在踏空的阶段。《米拉日记》的诞生就是我的一种本能，我拿出一件一件事情来分析和丢弃，直到我可以坦然不让它们在我心里回旋。

这本书倾注了我真挚的感情，断断续续四年左右才写完。细数一下，从开始写到发表已经几年过去了。

它是一本沉淀下来的书，是一部用新鲜视角，表现奇特世界的生存日记。

《米拉日记》是我的过去，我已经在它的背景下看到了更多。

寇子

2015年4月25日傍晚北京通州

# 目录
Contents

## 第一章　纯净的记忆
### ——往事就像银色的树叶

## 第二章 生活的礼物
### ——史卡保罗集市的春天

## 第三章　哲理视觉
### ——深蓝是一种格调

## 第五章 第二十三日或二十七日雨后
### ——每一天的每一天

# 第一章

## 纯净的记忆——往事就像银色的树叶

那枚树叶藏在土里，小心拿起，轻轻地迎着太阳，我看到它们的脉络，那是时空沉淀的银色。

## 就这样

因为生病，太安静了。

眼前的那片森林和海洋在浪聚涛涌，因为爱它，我只想弥漫，不想说话。可是，有时候，又想站在你的面前，学会表达。

2007年6月12日 星期二

## 一季

昨晚没有睡好，这多半是因为下午睡得有些多。直到凌晨两点多的时候，我还在床上翻来覆去。我忽然地想到自己竟一个人过了这么多年，我的生活确实有些异端，现在能这样生活下去，也真是奇迹。但凡可以成为故事的，都是要经历波折的。在以前，喜欢自己在故事里，现在不同，好想远离故事。

关于晚上睡觉的问题，我其实是很想当作一件事谈一谈的。自从离开那个镇子之后，常常无意间会在睡梦里猛然醒来，醒来得那样突然，并且脑子又是异常地清冷着。我会猛然大睁着双眼，紧迫地呼吸。由此可知，婚姻这东西在我心灵上是有很大影响的，离开它在深层的感知里已经是慌促不安的了，或者那婚姻的意义在我这里便不仅仅是婚姻的意义，而是能不能生活下去的意义。所幸还好。

我是在今年才真正安静下来的，特别是在秋天将至的时候，我就真正地和父母一样过起了老年人一样的生活。我可以稀疏地睡觉，在下午的时候，由着心开着那辆暗红色的三轮车去到野外。

我常去的地方是一个开了一半的施工场地，久了，那里长着层层毛毛草的高地上，左边有一个小小的园子，里面有二十株左右的苹果树，右边是一个很大的凹进去的浅滩。最近一次去，我带着口琴，把头发上的花结解下来，只用最简洁的黑色皮筋扎着。我想，这是秋天了，要朴素着，才会感觉到韵。秋天的阳光很好，清凉的，像细小的水粒一样纯净。可是我坐在那块高地上心却很难过，我知道我在失去着什么。那些毛毛草起伏不定地乱着，我有自己的意志但又没有很清楚的事去想，只有情绪是清楚的，那就是我在空虚，却又莫名地舒展并恬静着。

在我过去的岁月里，一个人独处的时间极其地少，因为腿的缘故，走到哪里都是要人来陪着的。现在，我自己坐着，独享着，所以难过又快乐。后来，我看到离我不远的浅滩上走来一个三四十岁的男子，他穿着暗灰色的衣服，走路的样子也是极其敦厚的，他的手里拿着一只染着红色肚子黑色翅膀的燕子的风筝。他走到浅滩的一端，把风筝平整地丢在那里，又转身往回走，手里那罗盘似的绳轴就哗哗地旋转着。到了将近二三十米的时候，他猛然拽了一下，风筝就平稳地飞了起来。

我想那一幕真是有意思，如果是一个少女拿了来放，或者他的身边带着孩子也都会好一些，可偏偏这样一个与风筝很不相连的成年男子，不作声地把风筝放起到天上去了。

他是为自己看的。

我和他离得很远，我也在看那只风筝。他蹲下来，就像冬天很冷把手揣到袖筒似的盘起了手。他只仰着头，不声不响，没有表情地看着风筝。

那个下午很安静，浅滩里那个男子在给自己放风筝。那块旷野里只有我们两个人。我坐在狗尾巴草里，独自恐惧又安然着。后来，我忽然想到，那男子放的风筝是为我放的，是上帝让他为我放的。我充满了对上帝的感激，因为我一直在这里待着，眼睛没有落处，又没有内容可去想，自己虽然觉不出什么来，而其实生命在某种意义上是空落着的。想起上帝此时的苦心，眼睛就有点湿润了。

我想，其实我可以大声地向那个男子喊，风筝是你做的吗？每天都来放吗？这些稀松平常的话，一定是会有回应的。

只是太不喜欢说话了，都不想会有谁此时打过电话来影响我的安静，所以，安静就一直跟在我身边，让我们陌生的两个人一个放着风筝，一个看着风筝。天暗下来的时候，我们各自在不同的路上离开了那个地方。

我想，那是我的一季。它仿佛是一个寓言，现阶段我的生活仿佛都在这一幕之下。下一个季节会是什么？只要用心走的，我都会爱它。

2006年9月19日 星期二

## 那年桃花

那是在前年春天吧，姐姐在一个凌晨将近两三点钟的时候忽然在自家慵懒的大床上睁开眼睛，她说，我现在很想睡到没有屋顶的破草房里去！这就是文学给她带来的害。这一点与我非常相似，我为文学做着许多傻事，对什么事都不厌倦，当然包括不厌倦贫穷，不厌恶惊险，不厌恶颠簸，这对于一个平常女人而言，绝对是带了点可恨又危险的东西。

我和姐姐有很多相通的东西是因为文学。三年前，我们一起去运城一个朋友家，竟然在那里就像犯了瘾似的想起要写作来。我们坐在别人家的空大简单的房子里，地面是水泥的，面对面坐在两张床板上，手里拿着白纸和笔，忽然彼此看着对方的眼睛就知道对方想什么了，那种状态就像热锅上的蚂蚁，她说，我们应该写东西，心又急了。猛然我们又想到自己神经质的样子，就又彼此大笑不止起来。我们对自己这个样子无可奈何。

我渐渐地感觉到我和姐姐都老了很多。我们对文学的热爱也发生了变化。这与我们中间发生的一些事情有着紧密的关系，比如说姐姐在前年突然得了一种怪病，好好地就会猛然睡去，睡得不省人事，醒来之后又全然不知。这是一种很可怕的病，人们预测不到它会什么时候来临。事后的姐姐忽然变得安详了许多，众多喜欢的东西都变得淡薄了，她的眼睛也缺少了年轻人的那种睿智。而我呢，因文学而过得流离，心灵受了太多的颠簸，以致影响我现在生活的这般天地。

细细想想，前年去看桃花的时间与现在只是两年多的光景，可是想来却是那样遥远的事情似的。姐姐说要带我去个别人不知道的地方，让我保密不告诉身边任何人。那是个上午，姐姐开着她白色的汽车，我忘记了她穿的是什么衣服，只是记得她的脖子上戴着一条红色的小丝巾。我从楼道里走出来，那时候我还自己租着房子。她说，呀，春天的颜色！那时我穿着一件绿色的上衣。

那个园子在城市外端，却不很远，走过村子，又走过野外很长的田地就到了。桃园外面是梨园，隔着一面红围墙，自己用手拉开铁丝绕着的铁门就进到园子里去了。

那个场面，在这一生中是可以剪切下来的，她扶着我，绕着一枝枝张扬出来的桃树枝，踩着松软的地面，地上蓬蓬松松地生着嫩嫩的草，我深一脚浅一脚仿佛走到了园子的中心。后来，我们寻了砖头坐下来。眼睛里，桃花就像生命一样旺盛着，也有偶尔落的，仿佛带着噗的响声。那是一种古老又宁静的忘了置身于哪个时代似的情景。

我们说了一些很奇怪的话，说到了命运。佛讲，花与人是一样的，若人有命，花必然有命。那黑色老朽的枝上生着的那朵花会有命吗？我们是真的这样用心地去想着，嘴里啮来啮去地这样唏嘘着。那朵花必然要落的，就如人必然要死。可是不能排除偶然吗？比如刚才的风把它吹落了，或者我们的伞角使它跌落了，我们进来的时候，扫掉了无数的花瓣。我们自己说不清，伞角使之跌落的算不算命运，难道我们每一个细小的动作都在命运的支配下吗？会这么可怕吗？

我想象到满院子的花都会跌落的。那这些花落了，就不会再生了，又怎么会有轮回呢？姐姐却说，兴许，它的轮回是另一朵花开吧，在明年的时候，在同样的地方又开一朵。

可是我又在想，今年那朵和明年的那朵有什么联系吗？

我们想不出来。所以退回来说，也许人是没有命运的。就像满园的桃花乱飞一样。

我们感觉自己知道得太少了，这世间是这样的大，我平白而无知。我们面对着可以赞美的美，却用不出一个合适的词来。我们笨拙地启动着嘴，凑在一只伞下，看着那些花，有一点激动和郁闷。

姐姐还说关于花的名字。她去南方，在一个城市的街上，高高的枝头忽然掉下一朵花来，那样大，那样美丽，不像桃花这样浅薄。她问了四周很多人，他们天天行走在树下，竟不知道这叫什么花！后来有人告诉她，这叫作木棉。姐姐站在街头，凝神着手里的花。镜头仿佛在拉远拉长，把花和姐姐拉到了有传说的年代里去了。姐姐是一个一直被人称作美人的女人，她是那种有生命的美丽，是动态着的，不是陈列着的。姐姐说，木棉，你还能想到比这个更好听的名字吗？简单，古朴，又不雕琢。

我就真的在用心地想，良久地说，想不出来。

姐姐因我的认真咯咯地笑。

在那个桃园里，我们蹲坐在砖头上就这样说着平时人们不怎么说的话。我感觉到我们都在老去，已经不是飞扬的年轻了，可是又依稀带着点青春。姐姐说，每一个年轻的女孩子都是漂亮的，年轻就是最美丽的。我们在渐渐地远离着年轻。那天我们埋没在生命的粉红里，仍旧跌宕着眼中的水波，却又有些黯然。我们不再会欢叫，却偏偏是用皱着的眉说明着我们的在意和入心。

很想把它永远地记下来，关于我和姐姐还没有真正老去的时候，在桃园里说的话。我们离得很近，就像那根枝上挤着的两朵整齐的花，我们从同一个母体里出来，曾经用着同一个呼吸和同一种长势，并完成了最初的开始。之后，我们被放在这绝对独立的世间里，没有思路地寻找着、思索着、挺进和回归着，在途中我丢失了我的腿，姐姐还幸存着完整。

我和姐姐，两个必将老去又心存太多疑惑的人。我们惊讶着很多事情，彼此喜欢哈哈大笑用以表示发现了的可爱。

后来，那座园子没有了。所以，那天的场面从此成了我记忆中的传说。

2006年9月23日星期六

## 关于时光

### 山间蝴蝶

十几岁以前，我一直是在大山里度过的。那座山叫作马鬃山，是一个海拔很高的地方，是一个用来采矿的点。山坡上居住着可以数过来的几户人家。我们家就是其中的一户，房子盖在坡沿上，是自己用石头垒起来的。那时候我可以拄着拐杖走路了，却又因四处是山和坡地，哪里都去不得，就只在房子里或房前那块坡上走来走去。弟弟三岁的样子，我们在彼此的眼睛里闪来闪去，并不很关心对方，却又像两棵种得挺近的树，看不看都知道彼此的存在。

那块坡地就是房前的院子，连着山，没有边沿和院墙。坡上在晚春的时候会长出一种花来，叶子细长零乱，花多半是白色的和粉色的，那是妈妈在前一年撒过的种子，除此之外，再也看不到其他什么好玩或好看的东西。

记得好像是一个初春，天气还挺冷的，我和弟弟在坡上忘记了在做什么，忽然飞来一只好大的蝴蝶，就像两片大叶子组合起来的，翅膀一张一合的时候，身子就会低垂一下，而后又点起来的样子。

那里的春天来得很晚，有时候在初夏还会下起大雪来都不是稀罕的事情。我们背后的山草当然还没有绿，是不是长出紫色的小花来了也并不知道。这蝴蝶是一种意外。

我们惊喜到一种心怦怦乱跳的地步，狂喜着，却又不敢出声。我和弟弟的脸和眼睛都朝向了那只蝴蝶，我拄着拐杖，弟弟颠着小步子，两个不和谐又不美丽的奔跑在蝴蝶的牵引下进行着，所以那个坡因我们的走动显得热闹了起来。我其实不叫奔跑，还不如一个平常人走路的速度，就只是心在急速前行着。弟弟总是在我前边磕磕绊绊的。我们看到那只蝴蝶飞过了坡沿，在我们无法迈下去的空中炫耀着，我们正失望着，它却又返回来，继而使得我们又一次狂喜。后来它飞进一只铁栅栏里，弟弟只顾看它，脸被铁栅栏刮了一下，他哇地大哭起来。我站在他的身后，看到他摔倒在地上，也看到蝴蝶飞向山的一边去了。那次扑捉就以此结束了。好几年弟弟的脸上那疤才终于隐下去。家人都在埋怨我，说我因他小却指使他去追蝴蝶。

弟弟是在我生病的第二个月出生的。我从老家来的时候被爸爸卷在行李里，露着头和没有穿鞋的双脚，全家人在火车上经历了一天一夜的路程，我竟是一直被卷在行李里，也就是事实证明，我自己和全家人都放弃了我行走的可能。当时的弟弟在妈妈的肚子里。妈妈常常要看看我，用手抹着眼睛。妈妈想要个男孩子，所以从家里逃出来，我没有妈妈照管着，所以被带到姨家，说那里的枣好吃。在那里，我生了病。

在一个家庭，每个人的命运都是相系着的，这种联系是一种明明暗暗的簇拥和因果。在弟弟呼吸着空气，用眼睛看草儿、天空的时候，我就已经像行李一样，可以卷起来走了。弟弟不会记得那天我们一起捉蝴蝶的情形，只是我大他几岁，又是一个对时光充满情绪的人。他在追蝴蝶的时候，腆着小肚子，扬着的小手异常的柔软。

当我想到弟弟，心也是无比柔软着的。我和他在坡上奔跑，其实是分散着的一个生命。

## 那只白鸟

那里的冬天简直太冷了，漫天的冰雪，从来不要奢望它会中途化掉。夏天有大片大片的野花藏在我看不到的地方。我们的坡上只有一些单薄的花，是妈妈撒了种子生出来的。

那个夏天的某个晚上，我趴在床上继续被按摩，我的腿生了病，爸爸希望它能恢复生机。我头朝着门口的方向，离门口还有很远的距离，因为那张床是抵着后墙的。我手里拿了一个装电闸之类的黑色的硬塑料的外壳，壳子上有许多的小孔，上面还有盖子。一只白鸟——一只白鸟竟然忽地穿过外面的黑夜、门框，直截了当地站在那只盒子上。我几乎不用故意反应就迅速地将盖子一盖——它就罩在盒子里面了！

我从来没有见过这样一只美丽奇特的鸟儿。那是一只成人手指头肚儿那么小的鸟儿，全身洁白得就像陶瓷，它带着山野里的那种新鲜和刺激，像一道白光划开一屋的空寂！它直定定地选中了我，一个不会飞奔的女孩儿，它嗖地落于我面前，钻进了我手里的壳子！

这是一个夜晚，它为什么在夜晚飞行。这简直空灵得就像一个神话。

晚上我就睡在那张床的远处。盒子放在头顶上方。屋里黑着，我要时常想起那只盒子来。那一晚上必然是不同的，壳子里装着一个生灵，它使我惦记。有许多次我把眼睛靠到小孔上往里看，因为黑，也没有什么动静。但当我睡着时，一直预感到被一个凝视或观察所笼罩，那是一种似曾相识的眼神，它深沉地望着我、我的头发、我的额头和听我的呼吸。

清晨，我用手轻轻掀开壳子一条小小小小的缝，可是它却能忽然冲出来，准确无误地朝开着的门冲了出去。

在它离开以后，它成了我一道越来越深刻的迷惑，这突如其来的造访和迅捷逝远！它像是我平凡琐碎生活中的一把利剑，使我无数次地陷入对它的深暗瑰丽的推测里。

不知道此生这样的看望有多少。你又是否能够明白这样的一种探望呢?

## 关于时光

妹妹比我小一岁，她有两三个小伙伴，在晚春的时候，她们可以从山上摘下山丹丹花来。在没有住到山上之前我们是没有看到过那花的，我觉不出它的美丽，也许那个时候我并没有学会欣赏，只是觉得意外和突然。她们总是一次次摘回来，并且说，在人不常去的地方就会有，常去的地方早被人摘走了。记得一个下午，我就像走失了一样，跑到离家挺远的山里边去了。我想去找一朵同样的花回来。

我没有离开过那块坡地，没有离开过我们的房子。这一次猛然远离了，又觉得这是个下午，心里慌促以至于眼睛从来都大睁着。其实我是在犹豫中慢慢离开家的，只是想着，再远一点，再远一点点，我不停地要回过头来看看与家的距离。就这样远离了。我只能蹲着身子走路，站起来肯定是要摔倒的，我用手扳着脚面，晃着身子张望着四处的绿，路上有的枝横过来，你是没有办法躲开的，它非要扎了你的衣服或拽散你的头发才行。我呼哧呼哧地喘气，我希望看到一束山丹丹花，并求着神仙不要让我看到任何人，我很怕他们会笑我蹲着走路。

那个下午我摘到了山丹丹花，它长在谷下的沟里。天哪，当时我只是怕会有人猛然跳出来，而后抢走它。我沿着坡向下滑，滑得充满了勇气。

在回去的路上，我没有办法用手拿着它走，两只手是占着的，我得扳着脚走路。我就把它咬在嘴里。它只是一朵。我努力地不使花碰在哪根横过来的枝上，也尽量不让自己的身体晃得太厉害。

那个黄昏，我充满了恐惧和快乐，我一直呼哧呼哧地喘气，希望赶在太阳落山以前回去，我怕极了。我想让家里人看到我采的花。他们都知道，这种花必须到人少的地方才可以找到。

回到坡上的时候，那朵花的五片瓣子都在途中被抖落了，我的嘴上咬着的只是干干的一枝柄。

我常常记起那个遥远的时光里大山里的那个下午。那个女孩子当时的心情一下子就会飞扑到我现在的身上。

她仿佛是与我无关的另一个生命，因为懂她，所以深情。

2006年9月20日 星期三

## 种子

在八岁的时候，因为下午看枣树太久了，那天晚上我就病了。那株树很高，长在二姨家院子里。我好像第一次有了某种表达的情愫，在此之前，我并不感觉自己会做这样没有意义的事。我站在树下，先是抬头望，而后喉咙里开始唱歌，再然后就煽动着手臂，转动起步子。我在枣树下开始旋转，舞唱。透过细小的枣叶，太阳像一根根细剑刺下来，有点疼，也很灼人。枣正在红着，叮叮咚咚地碰撞。他们都知道，我是因为想吃枣才病的。我躺在床上，发着高烧。而后，在第二天走在雪亮的太阳底下时，身体开始一下下倾斜，到了晚上，我就只能躺在床上。

由于病，我成了病之前的别的人。我改换了另一种人生。我开始在房子里待着，一天天幻想着，一些声音细微而蹊跷。童年，青春，就这样拥裹着推进。

剩下的时光即延接到我的现在。但，这也许是件好事。甚至我想，这一定是件好事。我无数次自己静下的时候孤独地掠过某条街，我总会想到。我爱上了疼痛，爱上了孤独，好像喜欢利箭穿心。

我对我腿的态度是分阶段性的，对它有种转折的认识之路。十岁到十四五岁，还期盼能有种移植手术，将别人的肢体借给我。可这种想法也并不是坚定的，我觉得我对那肢体不感觉亲切，可能会呕吐，然后杀了自己。

近几年，我独自在街上走着，或者在野外走着，又偶尔想起我的腿给我注定的命运来。我在想，我是否愿意换成别的女人。为了真实，我确实望着某些女人专注地看，并谨慎地想，我是否可以和她一样地生活，可得到的答案是：我感觉那样的生活是无趣的。或不这样，我还能到哪里寻找疼痛呢，或不这样，我到哪里能感觉自己在活着。我为这种标记感到踏实。我不愿意幻化成别人，我确定这样的自己是可爱的。它就像挣扎在绳索中的人，那是一种矛盾的存在，因遗憾而不再遗憾，因无自由而放大了自由，因无望而衍生出邪恶的生命。我喜欢这样。甚至有一天我颤颤巍巍地想要将这种思想表达给某个朋友，这种表达是艰难的，没有几个人会相信我是出自真心。我告诉他，我怕逃离这种秤砣似的重量，如果没有，我会成为柳絮，没有什么可以再激起我活着的力量。

所以我确定了现状，由着那颗生病的种子一直长到现在。它在风雨里，在四季中受到侵袭，觉得疼，甚至大雨滂沱地流泪，有时候不是因为事件，是因为想挣扎。但不是要挣扎成别人，而是要挣扎成自己。我对自己进行撕扯和解构，虽然这种过程是被迫的，但也具备主动性。

我想像歌剧一样真实地活着。悲观些想，这像一种自弃中的热爱。就像一个战士，被围困于敌人中，所以异常勇敢。但也可能不是这样，他对自己有深刻的爱，所以不举手放弃。

我留在那个镇子里，故意说话平缓，克制眼睛潮湿。某年冬天，我与一个善良纯白的男人有了一个家庭，又在某年春天分手。

这些事给我留下了一种性格，那就是低沉和深埋。

我是一个八岁时留下的种子，它将告诉我：要积压，储存，要勃发深情，要爱！

2009年4月27日 星期一

## 时光河里的鱼

有一个清晨，我拉着小芳的手走在县城汽车站附近的公路上。公路对我是陌生的，小芳对我也是陌生的，她只跟了我八个月，她是我请来照顾我的十九岁女孩儿。她穿着红色的半大上衣，个子瘦高高的，有一双大大的眼睛。她的一只胳膊用力来支撑我的一只手，我们匆匆地过马路，身边有忙于他事的陌生人，更有一辆辆或大或小的车驶过。我们是赶着时间走路的，赶往太原的车就要开了，我们想赶上这辆车，眼睛可以看到车，腿却走不快。仿佛记得地上有一些薄薄的冰片和一些欲结未结的水。

在某个秋日，我站在镇子的一个院子里，那是我工作的地方。我最初在那里做打字员，用的是铅字，啪的一声，把一块字提起来重重地打在蜡纸上。那天我扶着门框站着，竟然整个院子就只有我一个人，我想到了头顶有一架放得高高的摄像机，它在几千年以后重新放出胶片，人们就会看到一个古代的女子，就如我们看秦或唐宋时的人一样看到我。我想到我作为生命在那一刻存在。我不声不响，望着不远的地面，心却在渴望飞舞。再有一次，是在这个城市租来的房间里，那些日子我没有打算去做事，我在那个小的房间里打一些文字直到深夜。一个下午，我微闭着双眼，忽然感觉到了时光，它就像水一样漫过了我的身体，我就如河水中的石头。

我呼地坐了起来，却又不知如何摆脱她。

想到太空那些云霞，宇宙那些星球散放出来的色彩，时间和距离是用“亿”“光年”来计算的，它们或许由飘浮的尘结成星球，又在死亡的时候崩裂，形成绚烂的光。想到人们说的永远无法触及的黑洞，那些怎样存在和怎样消失的故事。

生活在这里有时候如此奇异。我们的空气就如同鱼所生活的水。我们是鱼的外星人，宇宙是我们将要一点一点清晰的未知。我想成为一条熟稔水性的成熟了的鱼，不喊叫，不惊怪，不再珍惜自己，任由自己向前、逆流或悬浮其中。

可是我是一条小鱼，一条惊叫的鱼、给自己制造障碍的鱼。

2006年11月27日星期一

## 有个叫朱青的姑娘

今天是十月一日，上午的阳光很好，去到外边，想把闷在家里的清冷和孤寂从身上抖下来。结婚的人众多，一个个饭店门口立着彩虹门，将一个男人和一个女人的名字摆在一起。我专门离得鞭炮声近一些，给自己沾点喜气。

这样，在炮声里忽然想起一个人来，心里有什么在触动着，那是一个叫朱青的姑娘，不知道遥远的她现在是否还好。

那时候我还生活在镇子里，镇子自然不是人们传统中想到的那样，而是一个采矿点，所以从经济、文化等诸多方面都是具有很多优势的。我们几个女孩子是从小在那里长大的，对于女孩子的美是从熟知的人里面去评判的。但是在我二十岁的时候，忽然从内蒙古来了一个城市姑娘，她就是朱青。她的出现吸引了我们。她有着一个城市女孩的大气，男孩子似的，有着一种新鲜的气质。她对什么都毫不在意，大大咧咧的样子，总呵呵地笑着。她的语言说得非常地标准，是中性的发声。她穿着蓝色牛仔背心，里面配着白色的小领衬衣。头发在那个时候就已经是略卷着，自然地下垂着。她的身材也是好的，轻轻松松、扬扬洒洒地走路。她有一种我们没有办法临摹的自在和纯然。我们喜欢她，并且毫不怀疑地知道在短时间里众多男孩儿的注意力都会集中到她身上。

她的浪漫故事是势必要发生的，可是她的爱情却使我们有些失望。在她还没有来得及把整个镇子走完的时候就认识了一个当地的小恶霸，所以，所有应该发生的和我们想象中的故事都没有如期进行，就像一枝花将要开的时候却被罩进了罩子里。那个恶霸叫作露峰，从小没有上过几天学，却又偏偏匪里匪气地往学校里跑，专门去搜索漂亮的女生。女孩看了都是要怕的。他会说打人就打人，说带谁走就会攥着他的腕子下楼。所以，别的男孩儿听说朱青是露峰手里的女朋友了，就想都不想了。

朱青在这个镇子里还是一头雾水着，只被眼前迷乱着。露峰为了表明自己的真心，把手打在墙上，血就哗哗地流下来。我们谁也没有怀疑他对朱青的真心，他是一定很爱她的，我想每个男孩儿都应该爱着朱青的。他们结了婚。人们都说他是有福气的，娶了这样好的一个姑娘。

好像他们生活得挺幸福的。因为朱青和我们谈笑的时候说到露峰吃了饭是不能被人碰到胃的，一碰就会吐。她还是乐呵呵地说着。她的院子里还吊着一只鸟笼，是他给她买的。

后来她生了一个女孩儿。再后来她就自己在街上开了个并不是很小的美容理发店。但是那时候露峰已经开始吸毒，他雄壮的身子一天天瘦下来，脸常常像洗不干净的样子。我常看到朱青在店里带着三个小徒弟一天天忙着，孩子在腿下绊来绊去的。

中间不知道又发生了什么事，他们离了婚。再打听朱青，她已经回到内蒙古去了。

那一定是一个艰难而痛苦挣扎的过程。她把女孩留在了镇子里。

后来听说她又找了一个男友，后来又听说，她被骗了，那男友是有妇之夫。

前些天，又从妹妹那里得到她的消息，她又结婚了。

这个秋日越来越浓烈了，过了农历八月十五，天气一定会冷起来，树叶就会哗哗地落了。我走在回家的路上，想到朱青起初给我的印象。其实任何一个在青春里亮过的女孩儿，回望起来都使人感叹。

故事会映衬岁月的。

不知道她的又一次婚姻是否幸福，但作为一个妈妈，至少她的心不会再完整在某一个地方了。

2006年10月1日星期日

## 城市边上的男人

这还算是秋天，树上落的叶子在地上静静的，它们显得很脆，脚落在上面就会听到碎裂的声音。树多半是槐树，所以叶子细小，纷纷落的时候也像细雨一样。我走过了那条楼群中间正在修着的路，它还没有硬化，雨水积在一起，被车轮和人走得深深浅浅泥泞不堪，这个地方是城市的边缘，就算人很多，总感觉有点空旷和荒凉。我是想要租房子才找到这里来的。本来是不想来了，但是由于给房主打过电话，房主竟记着我的电话，几次三番地让我来看房。

那个房主是个男人，听声音大概不到四十岁的样子，他问我是否还住，他的房价可以便宜之类。我从声音里听出他对生活的期待来，他是一个急需填充内心的男人。我骑着摩托车去看他，除了看房，更想知道的是这个人是一种什么状态。

我看到了这个人，他正在接着电话，他边说话边过来，用手示意我到了地方。他是一个四十岁左右的男子，个子并不高，并且很瘦，脸色有些发黄，是长脸，由于瘦，有些竖着的道儿在颧骨下。他脖子里露着好多年前一些富裕的男人才戴的粗粗的金链子，穿着夹克，两肩虽是把衣服架起来了，却因着腰太瘦，衣服的下摆就吊起来，好像有一侧的膀子不平坦似的，胯子处被空悬着。我去看了他的房子，房子就在路边上，没有院子。这还好，我有一点胆怯，不敢进入他的卧室。我们坐在外间的椅子上，椅子上有些土，或是很久没坐的原因。他说，这旁边的小屋、上面的二楼、房后的院子都是他的。

我们一起看了另一间屋子的小院子，然后他就打开那间小屋子的门，小屋子就在路边上，可以用做小卖铺之类的。一进小屋就是一只大土炕，炕上放着桌子，桌子上放着吃饭剩下的几个菜碗，用报纸盖着。脚下的空地很小，放着炉台，旧桌子，桌上放有做饭的家具。他开始洗放在地上的锅，锅里还有没有铲出来的大米。他利落地干着，非常在行。洗了锅，又提了一大桶水放在旁边。他常要和走过的人打招呼，声音很大，我是坐在窗户这边的，他朝外边人大叫的时候会探过身，那声音就已经不是声音，而像是实实在在的颗粒打在我的头上和耳朵里。那打麻将的二楼也是他常要注意的，他说是他请了人帮着开的。

后来我知道他眼下没有女人，好像是与第一任妻子离了婚，留下了一个儿子，现在正在上技校。现在又和一个女人结了婚，但好像那女人是名存实亡的，或许不在这个城市，并且距离很远。是为着什么要娶一个很远的女人呢？并且还一起生了一个小女儿，大约三岁了。女人好像不肯放弃原来的工作，所以在原地方不愿来住，又好像也存在一个其他问题。他仿佛并不很认可这一桩婚姻，在说话的时候并不去明朗地认可这件事情。他说，我这里缺人手，把这小屋子弄点家政也能挣点钱。这小屋子以前换煤气罐也挺挣钱，可是要把我占死了，这点小钱，不能总占着我。

他一边干着活儿，一边嘴里叼着烟，每一个举止都是实打实的，一点避躲或偷闲的样子都没有，他的行动老到得使人绝望。

他嘴里说着东北口音，外面回他话的也都是东北的口音。你坐着，我去买菜，他说。他说还有事要和我商量，要把小屋子用起来。他说，我们都是没有文化的，你来帮忙，做点什么都行，我只要有个人在这里守着，房租什么的你都不要给我。

买菜回来时，有一个比他年轻的男人来了，一起和他择菜，而后又来了两个女人，其中一个一直在骂自己的孩子，骂得很难听。他站在地上炒菜，将一样一样的东西捧进锅里，锅嚓嚓地响，但是这种剧烈他似听不到的样子，从容而不迫。他说他喜欢做家务，喜欢做饭。他说在北面他还有很大的一块地，现在少说能卖八九十万元。还有这里的，只是当时傻，没有要土地证，要不也会卖出一些好价钱来，他说他准备卖了北边的地，买一辆旅游车。我有驾照，他说，那很挣钱。他又说，我已经有一套楼房了，住的地方不愁。

吃饭的时候也是没有定式的，他手里提着铲子向着对面的楼高喊，于是又下来两个人，大约有四个人一起吃饭，又不像是一家人，站着的，在门外蹲着的，那个女人也给自己孩子盛了饭，边吃边继续骂着孩子。他们往返地从锅里盛面，脸上并没有笑容，吃只是吃的样子，或者忽然谁一句刺激的笑话使大家笑了，却笑得很不温暖。他和我说，再吃点吧。你要是喜欢吃，可以常来吃，反正大家都是要吃饭的。

他一直在忙，从我看到他就一直在忙，好像行为一直大于思想。后来他终于坐下来时，太阳已经完整地照在整个窗子上，屋顶很低，所以，我一时搞不清楚自己是在哪个地方了。那几个人在说话的时候，我忽然感觉来到了异乡，我有点思念故乡了。他希望我能到这里来租房子，能够帮他，哪怕不要房租，说挣了钱还要分给我大半。为了让我相信他的身份，他不知跑去哪里拿来了各种证件，身份证，户口本，还有驾照。我忽然有点忐忑，这些行为使我觉得仿佛他欠着我什么似的，或者我是国家行政机关的人。我不好意思地去拿起那些证件，又不好意思置之不理，我略略地看了几眼，故意说着其中一个问题，好像很投入似的。

我竟然在他的证件里看到他的老家是河北沧州，是我的老乡啊。千里之外，意外地知道是一个故乡里的人，一下子心里安稳很多。他说，他是随父亲来的，他的母亲是东北的，父亲一直在东北工作，所以随同东北的人一起来到太原。可是这个单位是流动着的，一些年轻的又调到另外的城市，这些老了的人和老人的孩子们就驻留在了这里。因为他们已经听候不到国家给的一点事做，只能吃一点补助，所以他们的根子是穷的，他们的后一代自然要想出各种办法来生存。我抬头看到了那几幢楼房，是那样的苍老，面目全非，这不是他们的故乡，却要一直在这里生活了。有好多支脉，就是由此而来的，轻易而潦草，我终于知道，这便是缘由。

他说，你来吧。他眼睛看着我，却又有一些软弱在里面。他是我的老乡，与身边的人又是不同的。可他又与我已经不同了。他是被遗落在这里的人，这里的人又被遗落在这个城市。在他说话的时候，那几个人总是来往着走进来，直快地一针见血地单纯地做想要做的事，他们是他们自己的气氛，外界仿佛和他们无关。他们说话的声音总是很高，在这种高调里，如果他是不出声的，马上就会有一丝落寞笼罩在他身上。他默默的样子，抬眼看人时，眼睛显得很大，在一闪间仿佛刚刚醒来。

我走的时候，他帮我推了摩托车，帮我打着火，然后站在我身后，有几秒钟的时间，他的样子是静默的，但很快二楼打麻将的地方传出声音来。他几乎是没有间断地又进入到身边的环境里，说着，不会再凑上一个手吗？不行，我去。

然后他就进了小院子，上二楼打麻将去了。

我又走过这条不算太长的泥泞的路，一上大路，刚才的环境就再也找不到了，笔直的公路，四周是整齐的建筑，一辆辆大车和出租车行驶而过，地上掉着细小的槐树叶子，远远近近有着似有非有的混杂起来又不刺耳的外界的声响。

这个城市一定就和调色板一样，进到哪个圈子里，就是哪种颜色了。又像是一个迷宫，一转过道，那个世界就消失了。

2006年11月4日 星期六

## 冬日

终于下雪了。早上起来的时候，穿着很薄的秋衣站在窗前将窗子打开了，眼前迷漫着雪，四处都白了。雪如屑，碎碎的，在下，并不很急，均匀地遍布着。雪的奇妙在于，它是无声的，眼中就算再宏大磅礴，视觉上却是空白的。所以，就如梦或者幻境一样。

现在我很想站在雪里，感觉它的凉，然后闭了眼，扬着脸静静地站着。你会觉得就如心爱的人，就着枝条将水点轻轻地扬洒在你的脸上，只为让你得意或者吵醒你浅浅的梦。雪中的凉意和平日是不同的，它的凉是知冷暖的凉，一点点，一层层，慢慢慢慢地谦让着接近你的肌肤的，就如最知你心思的好友，坐在你身边给你一点点进行思想开导一样，他不说你做错了，而是拐弯抹角着从四周来讲，他的眼睛微笑着望着你，你将手放在他的手里，慢慢地，你没有一点察觉地，已经开始听他的道理了。雪里的凉就如温暖，并且只能用凉这个词，却不喜欢用冷来替代，它使你放松肢体的每一部分来接受它。

四季还是好的，雪，就如四季中的一个隆重的节日，将所有现实的、纷乱的、急躁的全部柔软下来，又如刻意点燃的礼花，是一种与往日不同的形式。写完这篇散文，我就要出去，是一定要出去的。

我其实是对四季非常在意的一个人，第一场春雨，或一次望见生着的青草，还有第一场或大或小的雪，都是要记下来的，仿佛生命里每一个所经历过的、目视过的，都要作为我一个生命个体的体验记载下来。我想要一次次提醒自己，在那个时候，外面是如何的，你又是如何的。细细想来，还是因着我是热爱自己的存在，怜惜着光阴的流逝，怅然着想象中的衰老。用一种不可见的悲悯来遥想假如这一切都离我而去之后的样子，假如这一切还如初而我却不能如初的样子，假如我已苍老而再也唤不醒的样子。我想起了一个年夜。在午夜十二点以前，我同全家人一起吃饺子，在窗前放鞭炮，并接受着四面八方同时沸扬起来的鞭炮声。但午夜之后，我将自己独立出来。家人睡了。可是，当时我想用笔记下这一刻，当初我是这样用心生活的一个孩子，我用心体会新的时光来临的那一刻，和已经作为过去远走的时刻。我坐在阳台上。在那个晚上，人们会融入热闹中，或者找家人或朋友打牌之类。我坐在阳台里放的小桌前，开始用心地记录。我们家是一楼，四处有铁栅栏，只是因为我们在阳台卖过生活用品，所以开了一个小窗。我从小窗子里爬了出去。窗外是三级很高的台阶，我坐在台阶上，拿了口琴，坐在那里吹着，我在给自己守岁。我还记得我写了一首诗，后来配了音乐，自己录在了录音机里。那天也是比较冷，我还是十九二十岁的样子，现在看来很小，却已经开始专注着、吃力地用着脑子做事了。

关于雪，在我的记忆中最深刻的是与宣儿的父亲相识的时候，我们去花园照相，我因着不能堆雪人，就蹲在那里堆了一个极小的，他用雪球打我，我便也打他。我只能在原地蹲着，不能站起来走动。我只记得，无论我们打得如何激烈，他都并不离我太远，并不会跑到我打不到的地方去。还有关于雪的，是在我更小的一些时候，我们还住在山上的平房里，妈妈责怪我不锻炼，因为他们还对我的腿抱有再好起来的渺茫希望，我被斥骂地来到了门外，那是晚上九点多，天是很黑的，我又不能独立行走，我就站在房前用手扶着墙。天上在下着好大的雪，我扬起脸来一直看，后来就感觉自己的身子在向上飞升，好像自己是在一个高台上，高台在不停地向上飞快地长，一直向着天心升上去。那是雪的魔术，是雪在下落时给我的错觉。

想到宣儿，想到今夏和他分开时的那场雨，他背着小书包跟着朋友的车要回父亲身边了，宣儿走之前拉着我的手说，妈妈，我们一起回家吧！妈妈，为什么你不跟我回家呢？我没有办法将一个复杂的现状用简单的语言向他表达。儿子准备上车，我在窗口前看着他。我的窗前又潮又凉，窗户四周都沾着雨水，儿子的小脚是踮着走的，他缩着脖子，将一只小手小心翼翼地拉动着后面的车门。他进入那辆黑色的帕萨特里，儿子的小小身子被装进了那辆庞然大物里。他将随着它远离我，一个小小人儿独自一个人走过三个多小时陌生的路程，独自看到窗外那一重重掠过的土地和村庄。

想念宣儿是无论雪雨的。把雪当作寒冷来理解的时候是因为我想念我的儿子。我的宣儿他小小的身子在一天天长大。不知道他此时会不会冷。他生活在那个镇子里，走在熟悉的街道上，天天往返着去上学，任何其他的孩子也同时这样走着，只是他们的背景不同，他们有妈妈，而宣儿是在等待中度过的。我并不能想象他每天的变化、他的心思。我想念我的儿子。我早早地离开了他，儿子就待在家里，以为这是短暂的。可是时间却越来越漫长，一年，两年，儿子后来疑惑地追问，妈妈，为什么不和我们一起生活呢？这白色遍布着，一直延伸到儿子那里，他也同样感觉到了雪的来临，这雪在我们眼前同时发生。也许他会在雪里想到妈妈，他的心思是单纯的，他还没有经历爱情，心里所装的只有妈妈，儿子对我的爱，就如一个成年男子一样，百般呵护和细微着。儿子并不声响，我却明白这一切。

我在一天天地老去，儿子在一天天地长大。对于雪，它是一场无声的思念。

雪是一种氛围，是一个故事，是看得到的时光。

2006年11月23日 星期四

## 写一篇小说的经历

我继续那篇小说，那是一部喜剧，里面讲到一个神经质的女人，一个十九岁的男孩儿，两个从村里来到城市的小偷，和一群暗怀心思的成年人。我的思想总是要飞走，为了留住思维在故事里，我要紧盯着屏幕，或者用一张张白纸拿笔画着故事的边迹。

在黄昏，我独自出了门，在天一点点黑下来的时候，不外逃，不寻求支持。我默默地走在小区里，看起来沉稳而无事。那楼下的小园子里种着一些植物，矮小，整齐，寻不到一点思想叛逃的鼓励，它不同于我的生活，没有修剪与常规。

晚上或者疲倦的下午，我躺在床上，无法睡去。或者刚刚想要睡着了，却猛然惊醒，时常被一种不能细致分清的恐惧所围绕。在清晨很早就起床，只披件外套就在床上打字，双腿伸在小桌子底下，桌面上放着笔记本。我如一只生蛋的鸡一样过着简单的生活，吃饭，产蛋。

那段时间我很少与爸妈说话。我只留在那间房子里不停地打字。他们并不知道除此之外的事。

与他在一起生活后，有许多人都暗自讨问，说看那青年，他走起路来是不是也有点问题？一个善良勇敢而无辜的人，他以这种方式爱着我，将我娶回家中，让我来做他的妻。

他曾推着车子带我从一个朋友的村里回来，要路过小石子的路，要越过火车道，头顶顶着月亮。他推着我，全身满是饱满的力气，爽朗地向前走。他给我去塘里折荷花，膝盖被水底的草根刺出血口子，他背着莲蓬回来，那样地成就十足。他背着我围着鱼池打圈，背着我抢上火车的时间。他把我的脚放在肚子上去温热。

我们有许多许多的时刻，这样或者那样，它们都渗着热度。但是，有些遗憾总是这样，就算形式完美也打击不进心灵。而与它相反的，如果很爱，就算一个小小的抬眼，都会刻骨铭心。在这一领域，数量是不能带来质的转变的。这是唯一不合常规的事。或者那时候我还小，幻想填得太满，忽略了现实的温度。

他后来说，你飞吧，我做你的悬崖后的山路，你永远都不会没有退路。

电话里他说到一个证，我和他只办过一个证，那时候我们还年轻，我们准备生活在一起。那现在还需继续办什么证呢？

他说，看你时间。他并没有直面回答，只这样说。

我说，什么时候。

他说，明天。

“结”是一种起端，“开”是它的尾，我们走得很短，在头发仍旧很黑的时候，我们就要各自一方了。所谓白头到老就只是一句远远的花影。

听婆婆说，他在出生的时候被发现多了一根脚趾。后来在第四个月的时候去医院做掉了。此刻的我很像他那四个月后所做的手术。脚趾要与他分离，再也吸收不到他的营养和依靠，那根脚趾开始辗转流浪。

也许他想，这样我才会幸福。因为我们从来没有为敌，在这世间，唯有他与我相互同情，希望有人去拯救对方，让对方获得不管来自哪里的幸福。这种高远别人不懂。

我的小说在继续着，那里面充满了笑声。但是在小说的某一角，一个十九岁的男孩子忽然问一个大他很多的成熟女人说，血是烫的吗？这个男孩子在树上刨了一个洞，将自己装在里面，割破腕子，抱着那女人的一双鞋子，嘴里念着她而死去，他的血是一滴一滴空干净的，手指轻薄得成了一片树叶，脉络清晰。他曾有许多的逃遁，一遍遍想给自己生还的机会，但是，每次逃亡最终的结果还是又站在女人的门前。所以，后来他只能选择躺在树洞里，因幻想的遥远而将一个绝望的青春淹死。

我见到了他。他在楼下等我，问我是否吃了早饭。我坐在一张简单的桌子前，开始一口一口地舀米汤喝，眼泪得倒吸着才不会流下来。他站在我的旁边像往日一样给我张罗着，拿纸，端碗，问是否还要。

我们坐在一辆车里。那车将驶向我们的终极。以前，我没有去过那个地方，第一个证是他托人办的，我未到场。一直知道他曾经的决绝，要与我在一起的信心如此不可撼动，但他忘了给我一个记忆，两个人的事，他却忘了带我参与。我们的生活，其实只是他的生活，而我，还未曾在幻想的梦幻里醒来。他未能推醒我，使我看到自己的角色。

某月某天，我们完成了那电话里约定的内容，对于那一年的那一天，我与他，这条小小的哀伤的支脉并不与别处相连，这是我们两个人独自的伤感，与别人无关，与时代无关，与天气和健康都无关。我们坐在车里，看着荒野或者林立的白杨。那些日子，远在南方某省正发生着震惊世界的更大的事件，有许多人由于大地的颤抖而被埋入灰烬中，想了想，那日的时间是五月十二。于是，我与他的结束竟显得浅淡了，它在一个偏远的小小的一角，悄悄地用爬行的形式完成了自己最后的姿态，生与灭，只是我们小小的事。他那干爽的气质，他那想当然的生活方式，还有，寄于我身上却又未能扎根的厚重的感情。

回来的路上，他问我是否要吃雪糕。我说，嗯。我想，这对于我或他，都是一种安慰。他习惯了给予，我习惯了接受。买了两支雪糕，一支给我吃，一支是备在我身边，为了让我吃着放心。这是他对我的习惯，一直以来总是如此。

那篇小说写了出来，那是一件短浅的事。但进行的时候却看起来用了全部的精力，可以砍杀任何除此之外的影响。而放下的时候，才觉这只是一种状态。

我只能是这样，全无逻辑。

2009年4月24日星期五

## 一顿巴西烤肉

快要到中午十二点的时候马斯打来电话，说他和老铁在楼下等我。我急急忙忙才洗脸，出门竟也找不到一件衣服可穿，风衣一侧不知道怎么湿了一片，带着大片的洇湿下楼。他们站在外边，身边有辆旧皮卡车，还有副陌生面孔，一个是司机，一个是七八年未见的老铁。马斯我们常见面。早就听姐姐说老铁非常不爱讲话，所以心里有点数。几个人相互笑笑，然后我上车，大家都上了车。他们问我去哪里吃饭。

马斯和老铁都是写作的人，但都不专门从事这件事，都有自己的工作。他们都是我十多年前就认识的，当时我们在一个文学社，常常二十来个人被大巴车拉着像倒豆子一样把我们抛到某个陌生的地方。这些人一个个性格迥异，大家一起吃饭，一起在一个园子里拉歌或把园子当作黑社会，好像里面住着很多机关，而每个人就都成了地下党，他们在园子里转来拐去要搜遍每一处可疑的地方。马斯是在十多年前一次笔会上认识的，他思想看起来深邃而复杂，他很会引经据典，抽着烟，露着诡秘的笑。这十多年我们常会见面，其间有一次见，看到他神情恍惚，脸色黄白，瞳孔迷乱无助怜悯又绝望。我深知文学在他心里的位置，那比一次深恋还要揪扯人心。老铁也是十多年前认识的，在我们小镇子唯一的那个小花园里，是大巴车把他当豆子从城市倒到那里去的，他仰着脸，神情忧郁地望着这边，我问其他人他为什么这样忧伤，人们说他曾有个关系最近的朋友是这里的，刚刚离世。他为那朋友写了一首《十月》发表在省级刊物上。

我们仨人去了市中心一个叫作巴西烤肉的地方，厅里很满。餐厅在天桥二楼上，我们站在天桥上排队等待。马斯指着前面的大广场说，原来那个戏台不该拆。

我从来不知道那里曾有个戏台，据说在新中国成立不久，但那时候马斯也不在这个城市，也就是说，他并没有见过那个戏台。

马斯和老铁都是国企上班的工人，马斯有段时间工资只拿到六百元，家里还有没上班的老婆和孩子。老铁大概要好一点，下班后拉了帘子在纸上憋东西，收入也不会高到哪里去。他们叫我在市中心的西餐厅吃饭感觉有点心疼他们的钱。虽然他们都很慷慨。最后终于可以坐进去了，人很多，话也得大声说才能听到，自然不能好好地谈写作的事。马斯抽着烟还是自得并深邃地说着断断续续的话。老铁略有心事地吃着饭，问我这饭可有味道。老铁身边的朋友，也就是那个开皮卡车的司机也在一边努力进入这个圈子的模样，故意说一些自己的见识。后来人终于散去，只熬到剩下我们一桌人，老铁说，我们换个地方去喝茶。

我们又坐了皮卡车，关上车窗后大家望着窗外有些茫然，去哪里呢？好像无处可去。最后车在一个小点的咖啡厅停下来，是我选的那处地方，我觉得坐在公园的树阴下就很好。他们也赞同，但又觉得只能允许自己这样，带着朋友不可以这样。马斯穿着土黄色的上衣，袖子上还有在哪里沾的白点子，老铁穿着一身青色的工作服。我们又在咖啡厅的一个隔断里坐下来，我执意要最低消费，也就是两盘瓜子，算下来三十元。老铁有些难为情，我说，咱们就是坐坐，别这样。

马斯一翻议论在后面，他善意地嘲讽老铁说，老铁是被城市同化了，当然我们都被同化了，我们在用着所有人用的方式来走形式，先去吃饭，再喝咖啡。这是我们想要的吗？但，你就得这样走。他说完，用宽厚包容的模样开怀而笑。

我们不知道怎么回他的话。老铁一向比较沉默，只是低头在听，偶尔侧头望上对方一眼。

马斯说，你们知道《圣经》里是怎么描写一朵花的吗？——请你不要因为未来的生计和衣食而担心，所罗门在最辉煌的时候，他穿的衣服也还比不上一朵花呢！他说完自我陶醉地哑声笑着。

老铁只说，我觉得《集结号》太煽情，不好。

天将黑了，老铁给开皮卡车的朋友催了几通电话说，车快到了吗？开皮卡车的朋友是在我们进来之前去办自己的事去了。他借用朋友的车来完成一次对我们的招待，形式有点尴尬和辛酸。我们都觉得这样的地方不是很像我们的地方，因为形式太鲜亮，很硬的感觉。

三个人望着窗外，直到又坐上车，大家想起个题材，说一个人在城市里忽然想要养一匹马，把马作为交通工具。我们已经从大中午一直待到天黑。老铁说，去哪里吃饭，我们找个馆子。老铁真是一个厚道人，他一天没有说几句话，只是想着怎么把饭吃好。

他们在送我回去的路上，马斯说，城市像碎片，一片，一片都不相连。

在路上还是马斯说到一个坐办公室的人，她常年在办公室里，过分规律并没有起色的生活使自己变得迟钝，后来有一次集体组织去芦芽山，她激动万分，竟站在山顶，不顾同事的眼光，大声地喊出自己男人的名字，说宋晓风我爱你，我爱你！马斯说被那女人感动，而且我看见他的眼睛里确实湿润了一下。与此同时，我和老铁的眼睛都有点潮湿。

我爱我的同人们，我们一直在这个城市无法骄傲。但我们似乎一直挺着暗藏在衣服里的胸膛，一副清灵、庄严、情怀的模样。

2009年5月6日 星期三

## 旅行的意义

想说关于火车上的经历。但我知道，说不尽。

先是在八岁的时候，爸爸拿褥子把我卷起来，我只穿着袜子就从千里之远的河北平原来到崇山叠嶂的山西生活。火车穿过山洞，哗啦一响，剧烈的风卷进来，而后一片黑暗。谁家的孩子哇地哭起来，人们的低语声显得突兀。车在重山中经历一个又一个的黑暗，人们一次次被跌进只有声音的空洞的世界里。

某一次回老家，全家同往。爸爸背着我。检票口的人说我是在逃票，要我下来走路。我们忍受着耻辱，妈妈说，她确实不能走路。妈妈不愿意说出这样的话，在我生病之后，这是对她的最大打击。后来由于误点，我和妈妈上车，爸爸弟弟妹妹还有行李却留在那个站上。火车开动了，妈妈一直在车上大声呼喊，那种声音有些像草原里的女主人在呼唤那一片遗失的羊群。妈妈满脸是泪，跟乘务员诉说这突如其来又全然不能自已的意外。而我，大睁着眼睛，又像是在跟着哭，是妈妈的表情更加吓坏了我，觉得我们正步入越来越可怕的前方，越来越可怕。

十三岁的时候，要去一个陌生的城市做手术。我穿着艳红艳红的绸子上衣在山下等火车，第一次觉得自己因为漂亮被人注意。上火车的时候腿却抬不到踏板上。那个时代，在火车到来时，你会看到所有人的奔跑，似乎车体是一个陌生的怪兽，来去是无情的。我抓着车门却抬不起脚，那是怎样的一种焦急。我想起一位哥哥，他是来送我们上火车的。那时他没有别的法子帮我用力，他抓起我的脚腕把它放在踏板上，并使劲按着它不致又晃动。上来了上来了！他向我说。

我曾和叫宋庄的人一起往南方送工人。我在车上听他讲小时候钓蜻蜓的事。我们在没有位子的时候挤到车门前，反扣过门，那就像成了一个孤岛，我们在狭小的世界里把报纸当船，我们在飘摇中，喝很烈的白酒。

我还曾带九个男孩子去福建进厂子工作。我带着他们要经历一个漫长的旅行，是一个盛夏，学生又正往返在暑假的途中。我们无处落脚，某人给了一个小凳子，坐下来就再也不想动弹。我们在车上过一夜，无限的疲惫，咔嚓咔嚓的轨轮声在天刚蒙蒙亮时的青黑中遥远而无望。那些年轻的男孩们，一个个都带着纯洁的心事，清瘦而热血。颠簸使他们脸色变白，低沉不语。车带着一团纯洁的心以及需要人扶着走路的人，将这里的旺盛的青苗移交到那里去继续。我总是在那些年轻的心中看到纯洁和光明。

还有一次，我和水田，一个十四岁的江西女孩子走过拥挤的车厢。越过人们的脖子和脚腕，我们挤得衣冠不整，兜角磨过他们的脸。她挤在人群里隔着我一段，困在一处绝望地看我，我也绝望地看她。

某一次在车上，睡在卧铺的中层，都熄了灯，挑着窗帘往外看。那是无际的荒野，努力地望下去，便能看到地上被月亮打上的霜。月就在车顶一侧扫着边儿走，银辉照耀着空旷。便一直在想事。这是一个陌生的星球，星球上有某种车，必须要沿着两条轨才能行走，再远也不能脱离。觉得古旧而好玩，觉得自己在一种从未有过的原始里，但这个星球上的人却很认真。

有一次在深夜，我忽然不想这样旅行了。当火车在一个陌生的地方只停一分钟的时候，我在一个小站下了车。

我站在黑夜里。因为站小，几乎没有灯。一直站着，期望能看到谁。

那是一个异常陌生的小镇，凭空地使你寻不到任何边际。但是，你却猛然地被跌进这里。我便心里这样想着，爱我的人啊，你是否会知道，我这样一个来自大山里的女人会如此勇敢和狂放，会完成这彻彻底底的流浪。

我站在寒冷和黑暗里，找不到人，只看到一列又一列的火车从铁轨上呼啸而过，车体漆黑生冷，它掀起狂浪的粗糙的风，把剧烈的声响留给我，还有飞起的尘屑。

很想狂热地流泪，为我这颗心和病着的肉体。火车将带我去远方，永远永远的远方。我躲在它的隧道里，垂着头，背靠在生铁的支撑里，孤独从后背袭来。但我很愿意，因为行走总不是结局。我害怕定夺，在车上可以暂时不想。

2009年4月24日 星期五

## 城市印象

几年前我并不生活在太原这个城市。八岁从河北老家到山西来也许是要经过这个城市的，但是脑子里完全没有印象。对这个城市开始有了印象好像是在我二十岁左右的时候，我跟着爸爸坐着汽车来到这里。我们镇子里同样生活着一个腿有顽疾的女人，她有一个相对好的稳定的家庭，在路边开着一个批发部，镇子里边的好多烟酒店的东西是从她那里拿的。那个女人告诉我，她在以前去一个叫作太钢医院的地方做过手术，手术之后腿就有了很好的起色。当时我还记得她坐在一张炕上，脚穿着袜子。她说太钢医院可以治这个病的时候，我的爸爸妈妈略伸着脖子，眼睛向前突着，很用心地听，并且嘴里发出哦哦的声音。他们点着头，而后嘴里唠叨着，太钢医院就能治？但是，爸爸还是在几天之后带我来到了太钢医院。

我们是坐汽车来到这个城市的。在此之前我确实并不知道它是个什么样子。其实那一次来也并没有一个准确的概念，之所以喜欢写下这篇小文也正是因为它的模糊，它对于我，有一种用文字才可以体现出来的成长的感觉。我们下了车，就站在某个路边上。我感觉到了一种陌生和空大，那些车来往不绝，却并不拥挤。我喜欢记述这种遥远而无望的情绪，我想要记述下自己潜意识里的那种慌促和无依。

当时感觉那个城市天气并不好，一直是苍苍的样子，没有太阳，四周都有些沾满雾水的白气。后来我们去了那所医院。那时候我对它感觉敬畏，那些大夫说话的时候都是要掂量好了才会说出来。但是我并没有和他们说话，是爸爸带着我去到一个一个的科室，而后站在门口。爸爸的身子微欠着，脸努力地笑着，他说要找谁谁谁，他在说着一个大夫的姓。后来我忘记了又发生了些什么，我和爸爸在医院里穿过一个走道，走道是上下坡的，有着小小的像搓板一样的台阶，爸爸似乎和我说了些什么，我们在走着的时候仿佛心里是有一些希望的，所以走得心里充满了力量。但是很快的速度过去之后，他们告诉我们，这个病是不能治的。

爸爸拉着我走出医院。我们在医院大概待了一个小时。

我和爸爸重新站在那条路上等车，但我们并不知道车具体什么时候来。我只记着我们站在那里对着路上的车一直张望。我累了，自己的体重把膝盖压得很疼，想要蹲下来却又怕车猛然来了误了时间，所以就忍着，不时地弯了腰，用手顶着腿。有一根拉着电线杆的粗铁丝一端钉在地下，我就站在它底下，用手拉着钢丝。我们怕误了车，爸爸也不敢走远，我们一直没有吃饭。我感到沮丧，因为我对这城市的想象在因我不能就医而变得伤感，我很想马上离开它，我感到孤独，它使我感到了漠然，它使我的一腔热情落空。我记得我们用了很漫长很漫长的时间才把车等到，我们急急忙忙地上车，却又因为着急竟坐错了车。直到四个多小时后我们才知道。

我记得那辆车好拥挤，但是人们还是给了我们一个位置。有一个小姑娘大约九岁十岁的样子，她蹲在地上，脸色土黄，后来她要吐了。我看着小姑娘非常难受，很关注她，我仿佛把手绢给了她。车在来回摇着，有几个蛇皮袋子，里面装着软软的东西，在脚下绊来绊去。

我们被带到了定襄，那本来就不是一个方向，它是由离开那个城市后分岔开的两条路。我们中途不得已又下了车，那已是下午五点左右的样子了。在一个丁字路口，四周是野地，只是路岔上有一栋破破的小房子，旁边有一个搭起来的篷子。我们坐在那里又在等返回代县方向的车。

当我们回到峨口时，天已经黑了。整整一天我们就是这样颠簸着。我落寞得不想说话，在回到家中之后，在阳台上，自己心里竟涌起对爱情一样的思念。我想要落泪，很想有一个怀抱似的东西出现。我想，我是这样真诚地去到那个城市的，它却拒绝了我。我不再喜欢它。它就只是苍茫茫的天，它漠然地不在乎谁的情绪，它是空的。

现在我住在这个城市已经三年了，在来之前，我没有想过是因喜欢它而来，还是因为无家可归，我几乎是偶然性地落在了这个城市。有一次我猛然想起了第一次来这个城市的情景，我想努力地找到我曾站过的位置，只是我无论如何记不起过去对它有什么具体的印象，只记得当时的自己，在尘埃和来往车流的路旁弯着身子用手顶着腿的样子。用理论推理，它应该就在现在离我们家不远的地方，每次出门就要路过，医院里面的医生都是下了班就在路边买菜，挤在各类车的间隙和提着菜走路的人们中间。

想着，一个大城市对于一个卑微的生命来讲是一种无端的威压，它会使她遗失自己存在的意义。而城市有什么呢？它是一个想象出来的存在。当你真正面对它的时候，它已经不在你的眼里。这不是一个城市的改变，而是一个人的成长和觉醒。

我重新走过那条路，仿佛觉得有一个曾经的自己还站在那里。我总是要朝那个位置望上一眼，常疑心她会向我问路。

有多少清晰的记忆历历在目，常担心一抬头，遇到曾经的自己。

2006年10月26日星期四

## 我们的爱情

今天有一对年轻人结婚了。他们都是我的同学，因为我的父母和他们的父母是老乡，所以去参加了婚礼。我在家中走来走去，好像总是在他们结婚的背景之后。中午的时候我去厨房吃饭，张望到窗外的阳光似曾相识。那是冬雪将来的样子，光里蓄着一些蜡色，有点涂了浅浅的油似的。天空很安静。不知道他们有没有注意到此时的天空，这是他们隆重的一天，如果是我，我会深记那一天每一个可以记下的细节，把这件事情融进环境里，它会带上历史性的宏大和浪漫。

他们的婚姻在我听来是有些意外的，当然对于一个陌生人而言自然不会有这种感觉。男方是和我同班的同学，他叫宏，女方也是我的同学，叫作萍，他们并没有在一个班上过学。宏在我印象里是一个相对内向的人，每次出门进门都是背着书包，一步步走路的样子。宏的家境很好，他的父亲有相当的一些权力，所以，连老师和校长都是要给宏一些情面的，并且极力地培养他。宏却在关于父亲这方面好像并不察觉的样子，照样腼腆乖顺。宏的衣服总是穿得很干净，或者猛然有一天就穿着比较好看的衣服进来了，所以他在进教室门的时候就会有点犹豫，并且嗓子要干咳几声，并迅速地钻到自己的书桌前。

宏和一个脸庞圆圆的女孩子霞是同桌，人们都管霞叫大苹果，因着她的脸确实是极其圆的，又红晕光亮。霞有着最甜的笑容，笑的时候酒窝深深的。

有几次我看到他俩趴在桌子上，面对着面，悄无声息的，霞还是那样笑着，那两人的笑容仿佛是一个童话世界，是在我记忆中一直深记的一幕，那种相融就如雪落无声。他们总是一起离开学校，又是同路回家。宏的眼睛里总流露着一点软软的东西，碰在霞的身上就会马上落在地上或自己的脚尖上。当然我们班的人都认为他们存着友谊之外的其他东西。宏已经很明显地故意躲避别的女孩儿了，深怕会使霞不高兴了。而如果宏被老师叫起来回答问题时，霞就倾着耳朵，眼睛虽然不看宏，却是两手无端地端在胸上，不能放下来的样子。他们是我们班年龄最小，又乖乖巧巧的一对，不像其他男生女生，性格总是有点野，总是要把书哗哗地乱翻，走路把座位绊倒，或者肆无忌惮地藐视一个人。他们就像是小布娃娃一样，自己顶出一个小小的圈儿，就可以一直安安静静地待在里面自得其乐，不问世事。

而宏的新娘萍却是另外一种状况。若是在那个时候，人们是根本不会将这两个名字罗列在一起的。萍比宏大了三岁，她的脸上生着很多小黑点点，在我记忆里，她总是穿着大一号的衣服。她在另一个班，因着我们是老乡，路上遇到了，总是要打个招呼。她是一个很朴素的姑娘，又努力着能和别人一样，人们下学她就走，人们去做操她就跟着。她用心学习，却如何也学不懂，所以在整个年级都是出了名的。她在初一退了一年，在初二退了两年，在初三毕业的时候，自然就像秋日的叶子，该落就落了一样，自然而无声。她并没考什么学校，在家里待了相当长的一段时间，我偶尔会在外面的水管前看到她在洗衣服，或者去买东西。她家住排房，姐妹又很多。她的性格里张扬的东西几乎是没有的，她有着和她母亲那样的顺从，和一种模仿来的深谙生活的面部举止、表情。在我的印象里，她的身后永远是黯然和相对落魄的房屋。她的身上有一种散淡的寡然空无的味道，就如我对河北的印象。河北没有社戏，没有漂亮的剪纸，没有丰富的面食和女人在衣着上精细的讲究。河北只是河北，是意识上的空大和带着微苦味道的却并不自怜的自然和自在。就像草一样随意生长，风来就来，雨走就走的样子。

后来萍就出来打工了，在一家饭馆做服务员，一直做到现在。她已经是一个老姑娘了，三十一岁的女人，却并不是因着漂亮而延误婚期，可想而知那些日升日落梦里梦外的慌促与张望。

我总是觉得生活竟这样使人无法想象。他们是两个世界里的人，是如何可以进入对方心里的呢？当两个人忽然在街头相遇，面对面地站着，如何能够体会到爱情这东西？或者，是他们的过去误导了我，以为可以用那种境况来考虑他们未来的生活，可是延续下来又如何变了滋味呢？

原来，历史是可以误导人的。也许过去才是假象，现在却是应该真实的。由此，我现在这样想。

今天也是爸妈的结婚纪念日，我们在一起吃晚饭的时候妈妈忽然说。这说明妈妈对婚姻是满意的，在我敲击文字的时候，爸妈在外屋一起唱着歌。

今年特别怀念雪，才注意到，它是一种多么渲染气氛的幻想似的道具呀。好像是心里润润的又湿湿的。宏在过去有没有思念过霞呢，而萍也一定注意过某个人。可，那就如从冬天走入春天的一个人，将衣服一件一件地脱下来，丢在行走着的路边，这就是未成正果的爱情。别再说什么爱情了，别再自欺欺人地说其实只是之类的话。

婚姻永远是大殿，是可以弦歌曼舞的阳光大厅，永远不可藐视它，它是一种生活的真正态度，是一个想要得到幸福的人的虔诚祈愿。在这样的房屋里才可以得到真正的享乐。

我祝他们白头偕老，儿女满堂，一生平安！

2006年11月22日 星期三

# 在青涩年华里

## 口哨

有一个男孩子和我是同桌。他用以表达喜欢的方式是古怪的，他用了一个中午的时间不回去吃饭，从一至三楼把每间教室门上的锁头上的商标全都启了下来。他找了一个钉子和石头，在楼下花池子上把每个商标都砸出眼儿，然后用铁丝串起来，送给我，说让我做钥匙链。

所以在某个下午的黄昏，当姐姐扶着我从镇子里唯一的花园走出来时，当和他又不期而遇时，当他认为如果他不发出点声响我肯定不会抬头时，他急中生智，吹了一声浅浅的口哨。

哨声真的使我把头抬起来，当他在那十分之一秒速度映入我眼帘时，我感觉整个身子在那一瞬间受到彻底的轰炸，我不知道是什么原因没有使我摔倒。他露出一点诡异的笑，是怕姐姐知道。他翩然着脚步使头发稍稍浮动，他与我擦肩而过。我已经被炸晕。我哆嗦着那副可怜的、空白的、单薄的身体，在那个十几岁的年龄，无辜地站在气泡的狂喜里，我知道此生会因着这一种体验而成为必须的一个重大事件。就算在未来，在老死，就算在后世还会有任何别的事情发生。

## 调试

当他觉醒自己的性别时就开始启动自己性别的魅力。他用感知来判断什么是性别魅力。所以在某个中午某座楼下，他与另一男生并肩前行时，我发现了他细微的不同。他开始学习一种走路的步调，要在抬腿时不全都抬起，要脚面有些倦意之感，膝盖抬起，脚却不情愿马上接受的样子。踩下去时，脚要外侧先着地，而后才是脚心、脚里，这样看起来，每一步都粘连不断，有着循环性和老油气。肩也不可平端着，得一侧向前倾一点，看起来就是一肩高一肩低，它具有某种前进时的侵害性，要攻击之前的一种酝酿。

还有手指间的烟，要拿出一种细节来，将烟掌握于手掌之中，时时要照顾它的冷暖。他对烟的那份细致入微就像捏着一个女孩儿的腰肢。拇指和食指环扣。烟要罩满整个掌心才又从某个手指缝间漫出来。漫也是有意识的，就像一切都听从于他若有若无的安排。

他就这样走着，背对着我，一直在安心地，不被他所知的情形下渐渐走远。他的每一步，每一个动作的理解都在我渴求的心里被全全部部地吸纳并以最快的速度拆分。他正在试练变成一个因着性而区分的那种根本意识。一个男人在这个世界的产生就是在这种意识的萌生中。最爱他的异性会第一个发现。

## 一个午睡的女孩儿

我在午睡时并没有做梦，那个浑然的年龄还没有能力使人有明确的梦可做。我仍是一个惯常的傻女孩儿，邋邋遢遢地躺着，也许睡姿极为难看，连鲜美的阳光还不懂欣赏，嫌它太闹，所以用枕巾挡在眼上。我只是因为单一的困倦而睡觉。忽然一个明亮的画面啪地打下来，就像一个空旷的黑幕下当你因为没有可看的而昏昏然然时，一个巨大的版画带着巨响落在你的面前——我忽然看到了海滩，在海滩的视线前面有一个男孩儿穿着一条白色的长裤，然后我自己知道是他穿着白色的长裤。

那长裤几乎是我童年的向往，仿佛是一个对美好生活的标志，一个男孩儿穿着笔直的白色长裤，他便连带了所有美好。我看见他依稀在笑的脸，并不是他笑得模糊，而是我还没有来得及看清就已经醒来。我睁开眼又马上闭住。我希望重新回到梦里，再去找到他。一个穿白裤的男孩儿。我害怕肢体的任何一个动静，还有房里的走动。我又这样躺了很长很长的时间，可是再也回不到梦里。渐渐地我的眼睛生满了眼泪，并且控制不住地抽泣起来。妈妈他们听到了，在叫我的名字。

在那个季节我是这样想念他，没有人知道一个女孩儿在午睡时伤心的哭声。

2007年4月26日 星期四

## 去见一个大男孩

三年前，我自己还开着一个小公司，所以在一座大厦里租着一个写字间，一面墙是大玻璃的，来来去去走的人都清清楚楚地看得到。那个时候三楼有一个男孩子就常从这里走过，每天晚上吃了饭，看着我还在的话就会进来。他是我所见到的最挺拔俊美的男子了。他的个子高挑修长，举止优雅，面目又是可人的，下巴尖尖的，额头明净，又常常从容着一张不动声色的脸。

他走进来之后并不多说，就只问几句最最常问的话，而后去看墙上唯一的一块公司说明，而后坐下来，又无事可说，浅浅地表示一下自己的业务是好的，自己是独立的之类，再然后就叹了口气离开。我能感觉到他是喜欢与我说话的，只是找不到一个切入点。

他是在本楼搞货运的，不久，他说与上面合作人不合拍，问我他可否搬到我这里来。我的公司并没有多少事做，又可以平摊一点房租，即便不摊也挺愿意为别人做点好事，就同意了。然后他就天天坐在我的办公室，还是不说话。他的样子给人一种极其傲慢的感觉。后来我研究出他不说话的原因，他是因为知道的少，读的书不多，怕说漏才不言语的。我们又一起因为重找办公室坐公交车去了几处看房子。我们并排站在路边等车，我心里竟是有一点点自豪似的，想象着在众多人的场合，让他充当一个男友会给自己增色不少。看来，女人也是喜欢美男的。

后来又因为我搬了家，家里放了几件他公司的东西，所以他来看我，就更熟悉了些。我搬家的时候是他过去帮的忙。我和另一个朋友还有他一起在饭店吃饭，我和朋友用眼神或隐含着说一些我们才明白的事情，他却在一边不知所以然地呵呵乱笑。他的思想其实是很简单的。

大概将近一年多没有联系了，偶尔他会打电话给我，问我境况如何，我知道他的货运一直做得不好，很想改行，却又前途迷茫着。

前几天见到了他，他出来接我，样子还是那样瞩目。但是他的脸上却无端地多出了两个疤痕，一个是在脸上横着的，一个是在额头上，一看就知道是用刀割的。

我们坐了一会儿，他还是从容着一张脸，偶尔会有电话打过来，都是相互问一些装货的事情。其中有一个女人的电话，说她的钥匙找不到了，他说，应该是放在包里的，他这里没有。我看到了他的小拇指指甲留得异常地长，大概有一寸的样子了。我就对他说，剪了吧，别搞得自己这样异常。他只呵呵地笑着，也不说其他。

依稀听过一点点有关他的事情。在三年前，他常常出入舞厅之类的，据说有一个女人一开口就给他十万元，让他先花着。我也在想，他的货运公司能够一直开着，也未必是真的能挣钱的。就只是他可以一直这样坚持着，四处地搬离又重新开始，坐在那把椅子上耐得住至少我看到的寂寞，就已经从心里尊重起他来了。至于他的生活情况，我想一定也是一个挺大的空间。但是，感觉他是一个可悲的人物，因为我最清楚他不说话是因为懂得少。我有一个弱点，若知道一个人犯错误的原因，就会悲悯他，不会带任何情绪上的抵触。他是一个使我想要让他安好的人。

他的疤是与什么有关呢？并不是有很多可能使刀疤留在脸上，大概是有人有意识毁容。像这种情形的产生大概与女人有关吧，当然也不排除别的可能。那女人一定是有了着落的，或是结了婚或是有非常固定的男友。毁容的人若不是与女人有绝对的关系，对方怎么敢轻易动一个人的脸呢？别的可能我们就更难想象了。

他是为了感情还是钱呢？我对于他的了解非常地少。为感情不一定绝对赞颂，为钱不一定绝对厌弃。独立的生存是应该使人认可的。我知道在这个城市存在着很多不同的外来打工的人，他们为留在这里各自吃着不同的苦。我仿佛能够明白，并且是尊重他们的。

他出来送我，微笑着。其实刀疤也没有怎样影响了他的出众，他也还是照样优雅并不同着。我说，有事就与我联系，寂寞的时候也可以找我说说。我的话与别人说得不一样，是因为他的影子站在夕阳里。

2006年10月4日 星期三

## 姐姐的头发

前天天快黑的时候，姐姐给我发短信说：我今天回来得晚，我在烫头发，不要等我吃饭。姐姐用了六百元，八个小时把头发重新烫了。

当姐姐站在我们面前的时候几乎是羞怯的，她在镜子前梳了又梳，终于端端正正地从自己的房间走出来，站好了，并且为了衬托头发的好看，脸上露着快乐的表情，嗓子里配合着呵呵地笑。好吗？她问我。

情境是这样的：我上下扫视着她的头发和脸，这样的效果应该是说，呀，好看。可是气氛却是压下去的，我只是含糊地笑，说，明天就好看了，刚烫了都这样的。

我等于给姐姐引下了一个省略号。

妈妈像胜利似的在沙发上说，你就胡折姑（胡折姑，家乡话，意思是胡折腾）吧。

第二天，姐姐顶着那一头新卷发去报社上班，分别见到了同事佟、张、吴。

佟是女子，她说，杨子去年就是这个发型，你今年才想起来？这叫含蓄。

张是男子，他没有多少会形容的话，只说，假发，假发。这叫干脆。

吴是搞摄影的，他说，我们厂子有一部机器，把钢条放进去就会出来这个效果。这叫艺术。

姐姐去见胡老师，他是文学编辑，他瞪着大眼睛，极其严肃地说：自从我认识你以来，这是最为难看的一次。你带个帽子吧。这叫斩钉截铁一锤定音。

晚上我回来得晚，一进家门，姐姐就像声讨似的洗了一脸的水，出来对我说，我听有人说，你说我的头发不好看。她故意使自己的声调变得怪气，她有点破罐破摔的架势。她大眼流睛（大眼流睛，家乡话，就是眼睛水汪汪的，奇大）的样子使得我大笑。她也跟着笑起来。

我说，是妈妈背叛了我吧？完了，我被出卖了。

姐姐说，一个头发嘛，竟是这样引人注意。

妈妈说，如果不注意，你还不这样折腾自己呢。妈妈躺在床上说。

爸爸好像也说了话，可我忘了。然后他就又重回自己的安静里去了，只是听我们说，脸上一定是准备跟着笑的。

姐姐头发的事真是一个小小小小的事件。只是姐姐做了牺牲，而我们换取了细润的生活感。

今天她用卡子将头发卡了起来，这样就不难看了，她说。她耸了耸肩，故意地摸了下鼻子，她夸张地看看我们，然后自足地去上班了。

我在笑。她真有意思。

2007年11月17日星期六

## 朋友说

约见一个朋友，我们坐在舞台上，四周的灯都关掉了，只有一只壁灯发着隐隐约约的光。我们面对面地坐着，没有场景也没有依赖，就像两座对峙的山。他的声音粗糙和真实，就像沾了水的沙子，又或者是雪或泼来的一些风。

他的表情凝重，他明白我想要知道。他将每个人都在使用的声音音节自己重新组合了，从嘴里飘出来，他将要用属于自己的语言告诉我他最终推导出的道理。他说：

我不相信命运
因为除此之外你还有更好的选择吗？

人生只是一种永无穷尽的整合
直到你微笑着说
我不需要再整合什么了

我从来没有在来时的路上再找到过丢失的东西
所以或许还是不找为佳
即使这“从来”二字只意味着一两次
还因为也许找到了却发现那东西并不是你丢失的
我觉得这样很好

我想他一定在风沙戈壁走过漫长夜路的。没有谁能想到谁都经历过什么。

我们静默了许久，那些雪或风或者沙砾是可以触摸的，能触摸到的东西都是暖的。我知道，他也知道。我打量着他，望着这座不是自己的山。

他忽然眼睛闪着，他说，我们相识吧。

我说，我们为什么要相识?

他说，因为人注定了有许多不可超越，所以人需要超越。能够超越才有力量，才会飞。

我们在没有颜色的舞台上打量，你望着我，我望着你，思忖着关于相通还是陌生的判定。

一列军绿色的列车在隆冬的清晨开出了站台，驶入稀疏的郊外，车体的陈旧与冬天的严寒是这样地融为一体。列车，是在别人站在楼顶上望它时所得到的一种情绪。

来时忧伤去时希望。

2007年1月8日 星期一

## 一起走过的日子

和儿子在街上。那时候我总是想事，所以很少和他交谈。他坐在我车子的后面。

阳光很好，是一个初夏。我们穿行在一些有些陌生的地方，我们需要这样走，他喜欢被我带着，我喜欢带着他。头顶总是要有一些绿荫，穿下来，花斑斑的，在我前行的速度里成为顽皮和律动的小鱼，挽着尾巴，在你额上、肩上打花儿。

我带着儿子穿行在曾经陌生的城市。儿子是我在镇子里生下来的，生下他后，我有一个星期眼睛失明。在六岁之前，他一直不离我左右。我们在过宽大的马路时也和城市的人一样，举头望着红灯。然后面对面地与一些人交错而过，这样的参与使自己感到一种喜悦，一种融入城市的喜悦。

儿子在身后总是要喊一声妈妈，而后问一些细碎或他认为正确的话。我随着他笑。他就会问，你总是笑什么。他奇怪自己的妈妈，好像妈妈的动态在他想象之外。

路过迎泽公园，我问他，要不要进去。他有些想，所以说话不坚决。

我直冲进大门，下了斜坡，然后被身后的人喊住，说，这里不能进车。

而后我笑呵呵地出来。

儿子胆小，所以责怪我为什么不遵守秩序。

我说，如果妈妈错了，他们会告诉我。

我一直想让儿子变得勇敢，因而常常在他面前故意犯错。

在街上继续走着。有电话打来。慢慢地开着车，继续走。

知道自己又失业了。

和儿子去铜锣湾买烤肠，透过大玻璃看衣服，在某个门口听西街男孩的歌。

又路过手机城，小心地躲着横着走路的人。刚刚街面车影稀疏了些，就腾出一只手，努力朝后伸出去，来儿子，拉拉手。

他就探着小身子，把手递给我。

我们彼此握着，将车停在那里，只为握着手。我不说话，儿子就从不问。

我知道只有这样的相握才是最安慰的。我需要时时有人让我握他的手。猛然感到相依为命，妈妈失业了，但是妈妈有儿子。

人们继续在身边来往。他们不知道我们的此刻，我很弱很弱的时候，儿子的感情表现得无比绵长。他不语，只是被我握着。

也许儿子也依存在这样的相握里，他珍惜着我，那是来自又一个小生命的感情的世界。

2009年5月4日 星期一

## 给某友的信

汪军：

你好。我需要给你写封信了，因为好长时间没有写了。我喜欢说阳光，如果哪一天阳光特别好，我一定是会提到的。现在，阳光很好。它就如背景一样，我常常觉得它太重要了，就像音乐并且绝对地超于音乐，如果它存在着，就会使得发生在这里面的事情是极其浪漫的。就如我现在坐在这里，窗外的阳光很好，它也射进来，铺在我的床上，雪白的，也印得墙壁都泛着光。所以，我常常要说阳光，一定在以后也是这样做的，我感觉它使我最原始的生命感到了幸福，我因它的存在而安心并淘气着。由此我就又想到遍山的野花，都要是在阳光里才可以喧闹。汪军，我给你写信竟然控制不住地想要说这些，并不是想要写成文章的，我没有那样客观的情绪，只是想要讲给你听，觉得快乐。给你写信，我想我得学会与你在一起的快乐。我们的快乐是要畅想的，是要我们自己来寻到的一种适合我们的。我还是想说那些花儿，花儿落在山里，山就像丘一样没有棱角，是曲线地铺展着。它可以使视线伸向很远，并不能阻碍我们的心胸，所以我们可以展望，看到近的野花和铺展向远方的草地。那情景是一定可以听到花儿的欢笑的，那阳光把红色的花照得有点不鲜艳了，把黄色的照得有点发白，紫色的也成了浅紫，可是又都好像不是这样，是使她们原来的颜色更加艳了，艳得耀眼了所以才看不清到底是艳了还是淡了。她们就像没有受过教育的浅显的女人们，故意相互挤着，闹着，笑着，并用眼睛望着我们，为了让我们在意她。我说完自己又想要笑了。我这是怎么说花儿的。为什么会这样呢？是因为阳光在呢。花儿并不是因为要取悦我们，只是阳光让她们有了热量，想要做点什么才行。

又想起另外一件事来，昨天妈妈和妹妹用磁带里的那窄窄的带子导出来搓了一根绳子。我真是想阻止她们，因为我真的觉得那些带子里的声音会混在一根绳子里，一看到就觉得吵。不知道你能不能想象出来。它无论放在哪里，都会有想象中的一种声响，使得整座房子都不得安宁。那些声音是扭结了的，又并不优美，它成为一种疯狂的混乱。妈妈说那绳子很结实。妈妈一直喜欢做一些创造性的事情，她把龙眼的核儿留下来做成沙包缝在包里了。我喜欢妈妈这样，她使得生活充满了情趣。只是那磁带的做法我真的有点不好接受，它简直就像我的一块心病了。它不像放在抽屉里的磁带，它们是安静的，是睡眠的。可是那根绳子，就像游魂一样，无处寄宿的，又像大群的蚂蚁找不到家。

我以后要多给你写信，你使得我随心所欲，又因为你能听明白，信就成了快乐。忽然又明白一件事情，原来写作也是一样的，当它喜欢去说的时候，就有了愿望。

阳光真是一件好事。我今天不知道为什么，总是舍不得放掉阳光这件事情。

我又想起一件事来，我在镇子里的时候，那大概是二十一岁。我和一个叫作娟子的好朋友躺在学校一小块用护栏围着的草地上，因为我们觉得那块草地很绿。我们说，睡一会儿吧，我们就在草地上睡着了，那是个上午九点左右的时间。后来醒来了，身上酸痛得厉害，几乎坐起来都没有气力了，上面是被太阳晒得难受，下面是潮漉漉的。我们坚持着出来，都知道身体不舒服了，但谁也没有说，是因为当时脑子还没有总结出来吧，或者又不想否定了当初想要睡在上面的激动，一说就没劲了。我们说着别的话，心里却在想，以后不能这样了。想起当我们受了教训时不动声色的表情，真是想要大笑。

如果要和你无边际地说，那真是可以无边际的。比如提起娟子来，就想到她所有的事。真想一件件给你讲的。她曾经是我认为最女孩儿的女孩儿，她的样子，她说话的语气，她身边发生的事情都是这样不影响美好想象的。她和我不同，我比较傻了些，包括心思也是，可她不一样。以前她把日记藏在我的书桌里，我悄悄地看了几眼，上面写着，那个叫白亮的男孩子在雨天等她回家，她说道，他们站在一起，他嘴里吸着的烟被雨滴打灭了，他的一只手拢着她的头。那种美好的描述曾是那样打动我的心又使我吃惊，因为真实，所以感觉要排斥了。我还记得她买了雪糕去找我玩，她给了我一支，我感觉太好吃了。还有第一次知道“褴褛”这个词都是从她作文里听到的。她总是有很多我没有的，活得比我精致，我是一个比较粗略着生活的人。我很喜欢她。我们在一起做了一些不同寻常的事。

汪军，我很喜欢女孩儿的。在我过去，有几个漂亮的女孩子是我的朋友，她们真是美丽，我喜欢她们。还有一个叫李鸿的，她比我还傻一点，不像娟子那样如画如诗的样子，她又瘦又高，非常喜欢吃糖，她在我家可以一下午把一斤糖都吃光，真让人吃惊。我们睡在一张床上，还有我妹妹，因为我和妹妹只差一岁。我在最靠近床边的地方，我为了让她们能睡好，半个身子都在床下，枕头都没有。

我现在有点犯愁了，我要给你讲多少才可以呢，如果开了闸真是太多了。

我想要说说我的心情，如果人天天在意心情，那这人也未免太讲究了。有好多的人真是生活得很困苦的，所以总是无暇在乎心情的，如果天天说心情，真是没有经历风雨的样子了。我现在和你说心情，是随意的一种话，是谈着玩的，也是想让你知道我的状态。

我明白了一些道理。那不是克制，是很自然的一种感觉。这样我会很快正常起来，可以齐整地做事了。我真想欢叫，也许我会很快鲜活得像个春天了，倒不是想说有那样的欣欣然，而是应该有着春天的自然了。

你不必为我太担心了，我虽然从小到大都比较傻，可还是有一点悟性、达观和深情的。这些加起来，不致使自己真的痛苦或无意义到哪种地步。我的生活会永远沿着我的性情来发生的，我很爱自己。

汪军，我还想到了关于死的事情，这几天常常要想到这个问题，那简直不是一种悲伤，只是身边的亲人就悲伤了。我想，什么都可以使自己快乐的，包括死亡。这不是悲调的话，是给自己的一种自由。我在说这句话的时候，不知为什么无故地想到我们镇子外边的一片小树林，在油路的一侧。因为镇子四周是很难寻到树林的，只是那里有一小片，我忽然想到我曾经站在那里面，感觉到一点深绿和脚下鲜活的草。现在想起来是站在共同的生命里，不止我是生命，还有草、树、小虫虫之类。那真是一个生命的柔软的一幕，触到谁，它们都可以感觉到疼，所以脚尖不敢动，脚底也不敢硬踩，索性将自己浮在半空中才觉得放心似的。可是我现在又想提醒你，如果哪天我的信让别人看了，千万不要认为我喜欢葬在那里，我不喜欢葬在那里，千万不要把它当作遗言，它不是我的故乡。可是我的家应该在哪里呢，我是没有家的，目前而言，无处可葬。姐姐知道葬在哪里的，妹妹也知道，可是我不知道。

我会很好的。我每天都在完成自己的价值，我将生活细腻下来，将过去的事情重新晕染了颜色添加了温暖，让一些心情得到或多或少的感知。它使你明白了叫作质量的道理，叫作含量的道理，叫作密度的道理，那活着和活着就真是不一样了。那简直是明白和不明白的差别。我还在苦心地寻思着道理和明白上的问题，我想要知道它们。

我会好的。你要放心。

2006年12月14日星期四

## 相遇

今年春天去了一次江西的修水，江西属于南方，坐车的沿途中都是满眼的绿，或是山上丛丛蔓蔓的草、藤、树，或者就是田间，大概是由于水稻是在水里泡着生长的，所以总是无法比拟的绿，不带一丝浅黄，而是彻头彻尾的绿。所以一路走着，头朝向窗外，心情就像沾了水汽，变得生动又脆弱了。

从一个乡重回修水县城的时候坐了一辆大巴，车里的人很多，所以当再上来几个人的时候就有些拥挤了。有一个抱孩子的年轻女人，怀里是一个两岁左右的小男孩，小手抓着年轻女人的衣领。车一摇女人就要摔倒了。我在车上的第一座，胸前横着一条栏，是可以用手握着牢固的，感觉是可以将孩子安好地抱着的。我说，将孩子给我吧，于是女人便感激着将孩子递给我，我把孩子放在腿上，抱在胸间。

车在行驶，我低着头是那样热爱地看着孩子的头和他可爱的小手，我的微笑使我自己感动和激动。他悄悄地坐着，不敢声响，他的头蹭在我的胸上，扎人的小头发已经有硬的头发茬，让人感觉心软又喜欢。

再过一段路就会有交警拦车检查是否有超员现象了，他的妈妈就提前下了车，还有一些其他的人，他们需要徒步走过交警的地带再重新上车。孩子在那几分钟里成了我的，他的妈妈已经不在车上了。他望着窗外，我也望着窗外。我的一只手拢着他的小肚子，怕他会摔到前边，我感觉到了自己是有价值的，可以保护一个完全需要我保护的小孩儿。

人在生活中会有多少美妙的时刻，我换了种思维想到孩子长大之后的思考。他在很小的时候在一个非常偶然的情况下，坐在一个女人的怀里。她是从遥远的北方来的，她有着自己的身世和哀愁。她的腿不会独立行走，但是因为她坐着，使得他永远都不知道。他会将这种错误的思维永远存在于他的思想里。

他在成长过程中会遇到寂寞的，他会在长满鹅卵石的河槽里蹲下来抹眼泪。他会在后来初恋，期慌着眼神，生怕自己喜欢的女孩儿不要他了。他会在生意场上表现出成熟与装出来的自信，他攀着别的男人的肩膀说着一口南方话走在夜市上。发生在他未来世界里的所有生动，都不会使他记得他曾经坐在一个北方女子的腿上，他不会知道在那几分钟里，那女人对他的喜欢并不是浅层的，是用了柔情和静静的微笑的，就像春天里的空气轻轻渗进土壤里一样，她感知并幻想着他未来的生动，和对这一刻的感伤。

人总是有好多好多美丽的时候，大多你是不知道的，或是忘记的，或是没有想过的。你没有想到过你经历了多少这样的时刻，那大多的时刻你是永远没有办法将它延续，就算是再努力也寻不到它的痕迹，就如这巧妙的相遇。当你下了车，就算奔跑，就算跪拜，就算种种种种，你看到的只是无言的天空，它无言而湛蓝。

我曾坐在这辆车上，我说着北方的话，用着最清楚最平缓的语音，我以为自己老了，可实际又还年轻并充满了女人的味道。我望着陌生的窗外，在异乡里将一个孩子抱在怀里。他是未来的男人，我是渐老的女人。我们用着错了的时节，无法加速和放慢自己的生命轨迹。

那年轻的女人终于又上来了，她看起来比我还要年轻。又过了一段，她终于要下车了。她下了车，眼睛四处看了看，她的脸有些黑，表情又是最没有意识的那种天然，她再用手拽了拽衣角，她穿着寡然的染了黄色的白衬衣。孩子着急了，伸出小手来向外挣着。她仿佛才想起孩子似的，就将一只脚重踏上了车，将孩子抱了下去。孩子并不懂回眼看我。他趴在年轻女人的肩上，感到无限安全后的轻松和惬意，他摸着小鼻子，一只手在年轻女人的耳朵旁似摸非摸的样子。

年轻女人说，谢谢啊。纯南方的乡间口音。

我说，不用谢。

车开了，车将我继续远离。

太多太多的时刻，如果你不去写，就如没有发生。可是如果写，它就像揪住了你的笔，你一定会被它任性地描述下去，就如走路一样，你需要描写迈出去时它踩在了哪里，地面上生着什么。由此下来，你会犯愁地发现，它还有第二步、第三步、第四步，这样下来，你可能会竭死在路上，别人未免要苦笑你的认真了。但是，如果我有更多更多的时间可以在纸上记述，纵使你再摇头，我也是要写的，我愿意写每一步。

我感觉，再多再多也不拥挤，也不怕。

2006年12月28日 星期四

## 画面

那天我看到我的爸爸站在冰河上。

那是一个公园，姐姐将车一停，爸爸就跑下来，他很快地接近那条河，公园里的一条河。那条河已经结冰了。爸爸踩在冰面上的第一脚是小心翼翼的。爸爸穿着黑色的皮夹克，那夹克是在十年以前曾经被人看好的，而现在，都已经像工衣一样穿了。爸爸的裤子是草绿色的，是军队的人穿的，也是人们在劳动的时候才会穿的衣服。爸爸的鞋子是运动鞋，深绿色的边，浅绿色的面儿，不应该是冬天穿的，只是因为以为可以一直坐着姐姐的车，所以薄一些也是没有关系的。我们站在车近旁看着小跑跑向河面的爸爸，他的身子在第一步踩向冰面的时候，那小心翼翼是那样具体。他慢慢地将另一只脚也放了上去，微微地含着胸，他又小心地移了移自己的位置，使自己更加完全地站在冰面上。爸爸的胆子仿佛终于大了些，他抬起了一只脚，胆怯又像勇敢又像试探的样子跺下去，再跺一下，他在跺冰面的时候，两只膀子是提着的，他的脚踹下去的情形也许是自然的，也许是为了表现历练，也许是忘记了自身，但他的无力和笨拙是女儿才能看出来的，是源于与过去年轻父亲的对比。父亲已经是老人了，他略略增加了胆量的样子有点滑稽和使人心疼。

妈妈在身后大叫地说，二虎，别踩，会掉下去呀！

爸爸还是将一条腿连着那一侧的身子一起向下跺了几下。

四周都已经是冬天，爸爸的脚下也是冬天，远处的树枝都是黑压压的，迷迷蒙蒙的像烟尘。爸爸穿着草绿的军裤，像个孩子一样侥幸地跺了几下冰河的一个小小的边缘。

他的女儿和他老了的妻子站在远处为他提着胆。

2006年12月28日 星期四

## 秋季之黄花黄——写作的人

大概没有人正视过这种凛冽，它所做的选择一向是奔赴决绝的边缘。剥离开那些虚妄和与之相连的支脉，当在过去很多很多时日之后，也许会猛然想到，那是怎样的一种狂妄和放弃。想来这种模样多半是没有多少人可以达到，包括自己的父母和姐妹，那是一种被情形掩饰中的选择。也许会有人清楚，比如某位因你而孤独的人，并且是可以和你说到生死的人。当他远离你而去，在无数无数无数又无数次的日子反复咀嚼你的种种迹象时，如果幸运，他会明白，你那种对于生命的奉上。

将生命视为一个纯然的内力，全都赴之于纸张上。它就如一场长虹似的绽放，如此真实雪亮地前往。

致命地明白，所以举步向前，总是无以解释，无人陪伴。

2009年2月26日 星期四

# 第二章

## 生活的礼物——史卡保罗集市的春天

那天我终于走到街上，看到了琳琅满目的货品和礼物，它们亲切而熟悉，充满了那些相互祝福的味道。

## 在崂山

有时候，越是遥远的，越会情绪跌宕。

在我还是一个小小的姑娘的时候，因为腿已经生了病，爸爸就让火车把我推到一个叫作青岛崂山的地方了。

我被送到那里的时间大约有半年，有一段时间爸爸陪我，后来十九岁的表姐接替了爸爸。我在那里长了好多的见识，比如知道了打喷嚏的时候，要迅速地将自己的脸扭向没有人的一边。还在河槽里看到卖东西的人用紫红的水萝卜雕刻出来的仙气凌凌的花朵。我第一次在古古怪怪的纸里拿出山楂片，我以为它会是什么样子，会是肉，是水果，是粮食，还是什么的？还有医院门口的东侧在晚春开着的那浓郁的花香。那花小小的，浅黄色，但气味却能浓烈成那种程度，我坐在离它最近的水泥台上，受了花香的刺激，兴奋，惊慌，甚至都有些目眩。

爸爸陪我的那段时间，我们住在男病房里。每天的就医手法就是接受点穴。那些大夫将手指像武术里的样子拘在一起，然后有弹性地点在我的腿上。有一个大夫在点穴的时候总是闭着眼睛，几乎要睡着的样子。我的腿被点得大片大片的青紫，常常是哭着趴在床上等待着那场治疗的结束。

然后就是锻炼身体，在走廊里走来走去，用U形的架子，你可以推着它，身体站在里面走路。我在沙滩地里不停地摔跤，如果记录我从生病到现在的摔跤次数，一定是惊人的，并且花样百出。

在黄昏的时候，爸爸常常倒背着手，我跟在他的后面抓着他的手走路。爸爸有时会领我去医院背后的那条路上，那条路是先要上了台阶才会绕到医院背后的，它比医院高出一大截，它直立的坡是一堵墙，用以保护医院背面。那条路四周光秃秃的，又是因为春天，所以总是有一些风。爸爸为了应和我的步子，他走得很慢，并且每一步都是极小的，有点原地踏步，所以身子就像左右摇晃的样子，他在唱着歌，表情麻木，看着远方，他唱：娘啊娘，儿死后，将儿埋在高坡上，将儿的坟墓向东方……。我也跟着唱，跟着摇晃着身子。这时候爸爸身上的味道就会传进我的鼻子里，妈妈一直为了驱逐这种味道常要让他换衣服，不喜欢枕他的枕巾，或者窗子敞开的频率多少都与他的味道有关。可是我喜欢他身上的味道，它使人安详，使人困倦。

有一个下午，我和爸爸一起看到了天上的云彩，那云就像鱼鳞一样，一片一片整齐地排列着，从天的一方一直排到这方，每一片鳞都是那样相同，摆布得又是那样匀称。当天空出现意外的情景时我时常是感到害怕的，就像梦里梦到星星们都在移动，它们摆成各种形状，就像人们在操场上练兵，在整队形的样子。我感到在苍天之下无处躲藏，它们占领了最好的地势，它们随时可以掉下来毁灭你的生命。我抬头看看爸爸，我们并排站在那堵石头垒起的墙前，朝向前方看着天。爸爸说，大概是要变异常的天气了。

在男病房里，有一个年轻些的男子，他的样子很英俊，但又像梨一样，他的脑子是简单的，他的头朝东朝西的频率很快，说话时不假思索和看东西显得生硬。他是不能站立的，只能坐在床上。但是有一回，他的腿上绑上了厚厚的胶皮，那胶皮就是传送带上用的，他在膝盖处挖了一个洞，正好让膝盖露出来。他把胶皮用绳子一圈圈绑在腿上竟可以站起来了，只是腿就像棍子一样不能弯曲。他扶着U形架终于可以走路了。他移出了病房，走在门口，看着悠长的走廊长舒了口气。我在走廊门口离他很远的地方扶着暖气片站着，他的眼睛闪烁着，向我这边一点点移过来。他终于来到我跟前，他的个子在我看来就像大树一样，他俯下头嘴角咧着恶意的笑，就像抓住小动物一样。他腾出一只握着架子的手，将手指绕成环型，然后弹在我的头上，他的力量很大，他并不是在逗我玩。他开心极了，我来回躲闪着，用一只手护着头，只是我也不能走，只能扶着暖气片站着，我几乎要哭了。在我长大一些的时候就清楚了他是个可怜的人儿，他的内心是因为不能控制任何东西包括自己才变成那个样子，他用以欺负弱小来感觉自己的一点点强大和力量。

所以，我知道他的快乐，他一定很快乐，他获取到了印证自己的方式。也许那件事对他很重要。

生命是可以微弱窄小到那个地步的。他在黑暗潮湿的地狱哭泣的时候，那是他的心正在经历着的，而你用眼睛是看不到的。你不能因为一个人抱着一只摔碎了的碗大哭而嘲笑他。生命和生命真是不能比的，有的人心胸是想要装各种事物的，有的却是在微弱的一缕烟尘中断断续续地活着。当你意识到他的在意，你感应到他的瑟缩颤抖的时候，你还有力量嘲笑他吗？

那年我九岁，还是一个没有完全开始用自己的思维想事情的小人儿。那个病房里有五张床位，人们总是来来往往的，汇着各地人的口音。有一个上了年龄的人，我忘记了他的病情，他教了我好多歌，有《红梅赞》《手拿碟儿敲起来》，那个人已经是老人了，脸庞窄窄的瘦瘦的。

我和爸爸还有时到医院外边去走走，爸爸带我去一个回民的饭店吃饺子，那是我第一次去饭店。那是一个很小的店面，拿饺子的时候要在小窗上等着。那些事情在我看来是多么新奇呢。爸爸买过两次青苹果，爸爸喜欢吃酸酸的苹果，他说，我们每天下午只吃一个。所以每天下午我都是在等待着爸爸拉开抽屉，从里面取出一只，用毛巾使劲地擦，苹果发出咯咯咯咯的响声，爸爸用刀子将它从中间切开，我一半，爸爸一半。我总是先用舌头舔切口上的汁，吃的时候就像咬骨头一样东一下西一下的样子。苹果的汁被牙齿咬得从里面榨出来，带了小小的气泡，就像奶汁一样成了白色。

爸爸是喜欢武术的，所以很快就有一个小大夫被爸爸吸引住了。他在给我治病的时候和爸爸聊得兴奋，很信服的样子。他约爸爸在清晨教他练武。在大清早的时候，我们走廊的大门还没有打开，他就虔诚得像徒弟一样站在窗户外边喊我爸爸了。那个早上实在有些太早，窗子外边还是困顿着的青白，就像没有开光的佛，一片哑然的样子。我感到很光荣，医院里的大夫会在窗外等着爸爸呢。

我曾经很注意那个穿着白大褂的年轻大夫，他看上去那样使我悄然快乐。现在归纳起来，他的思想就如五四运动的青年，热血，直接，锋芒，又清纯。他的身材是那样的恰到好处，并不算高，像是悠缓下来的高度，却也不低，所以又舒展着，他身体里的每一部分都是崭新的，它们全部为他所用，没有多余，也从不怀疑不是自己的，他还在不自觉中生活，不时地要开辟一些新的领域。

他把我扛在肩上，穿着白色的大褂走在就诊部和住院部两座楼的中间。阳光使他的褂子非常耀眼，他只是为了和爸爸走得更快，所以扛起我。他也扶着我走路，替爸爸领着我。他从来不看我，眼睛一扫而过，就像我是爸爸身边带着的小狗或者连一小狗也不如。他说话的锐利和举步自然的力量使我感到新鲜。他就像一个气氛，就像各种成了佛的人，四周都会有一个光圈，他的气氛是看不到的，但能感觉到。

后来爸爸就走了。爸爸一走，那个大夫就很少见到，偶尔有一两回，我会看到他进入另外一间病房的样子，他是用肩来靠门的，侧着身子轻轻地倚了，而后就没了影子。

爸爸走后，表姐来了，我以前从没有见过这个表姐，是姑家的二表姐。表姐叫环，十九岁，梳着两条长长的辫子，她很瘦，像是意志坚定一样的，嘴唇总是有思想地抿着。她的一条腿在小的时候也得过什么病，如果走快了就会有点跛。她确实总是严肃着，但她不使人感觉烦，因为她不多说，什么事都比较利落，确实就像战士一样，从不像女孩儿一样发出怪声，或者挤眉弄眼。她常穿着一件白色的上衣，把辫子梳好，该要做什么就会去做，她的思想单一，自我，又坚定。在后来当我已经将要二十岁的时候，她又来我家住过一段时间，她穿着一件男子的毛衣。她的清泪在某个晚上串串地流了下来，我只能听着她说，却又流不下和她相同的泪，因为我不可能知道她恋爱的痛若。她和我说她穿着的毛衣是给她喜欢的人织的，却送不到他的手里。她很大了也不结婚，她希望自己可以当记者，背着相机四处游走。

我住进了女病房里，我的病房里有一个新疆的女孩子，大概十三四岁了，她的头发被理成男孩子的样子，留着短短的头发茬。她的头型方方正正的，脸上露着赤红的颜色。她写的字是古怪的，她还教过我们几句她那里的话，我只能模仿着音节。她的腿是一直蜷着的，伸不直，所以每天晚上她得坐在床边上，腿放在另一张椅子上，用绳子吊上砖头悬在膝盖上。砖头是一块块往上加的，她总是急急切切地叫着，声音却并不大，不行了不行了不行了，她来回地无意识地动着自己的手，握着拳，身体在扭动着。

还有一个男孩子是从北京来的，他应该是住在男病房里的，只是因为妈妈陪他所以住在女病房里。他也和我一样在训练时放开手走路，他在门的一边走到窗子的一边就是他的胜利，他和新疆的女孩儿差不多的年纪，胖乎乎的脸。他在走路的时候总是想要有点新花样，他会两只手努力在胸前导着，模仿飞机飞行的样子。呜——他在向前走的时候嘴里说。他的妈妈每天晚上都要拿只小盆将自己四处洗漱了，边清洁着自己边和人说着话。她的行为我也是感觉新鲜的。

那时候晚春就到了，大院子的树上开出异常好看的花来，我从来没有看到枝上开花的树，除了我们老家春天里看到的桃梨花和榆钱。那花开在并不很高的树上，一朵一朵是可以握在手里的，瓣子一层层的，桃粉色的。好像人们说那是木棉，也有可能不是。那时候我的心就一天天开始迎接新的事物了。我一个村子里的孩子，几乎什么都没有见过。

我看到了树上开的花，看到了地上开的花，后来到夏天，大片大片的花开得就更多了，它们都是浓烈地大胆地开放着，每朵都像太阳一样招眼。我还看到了松树，松果在早春的时候干涩地挑在树枝上，爸爸曾经说，松果是松鼠爱吃的，我坐在门房里望着窗外的松树无限地畅想松鼠的样子。那些松树都很高，叶子就一根针一根针地展向四周的样子，那样柔顺。

除了说医院大门东侧的小朵开得异常地香，大门口那棵大松树也是该提的，它又高又敦实，挡住了医院的大门。我常要站在它的护栏旁，伸出手去摸摸它的坚硬。

那时候我还是天天练走路，我站在一端，然后被人催促着放开手，我的身子就向前倾过去，我开始拖着脚走路，我最好的成绩是可以走二百来步了。医院常常把我当作好的病例，但凡有人来采访就会叫我出来走路。我的行走不是由我自己掌握的，是因为要保护平衡向前跌撞的，我不敢停下来，只能是遇到什么东西可以抓才会停止。

我和表姐在闲暇的时候会绕到医院外边去，我们沿着一条路走向热闹的地方，有一次我们有意识地跟随了一个女人，我想知道自己可以走多快，那个女人在前边一点都不知道，我们看着她摇动着的身体，我加快着步子，我忘记了她的背影和穿戴，但当时是很清楚的。我还记得那条十字路口，有一侧的小摊上可以买到山楂片，所以我第一次吃到的山楂片是和环表姐买的。看到了萝卜刻的花是在河槽里，它成了一个很大的菜市场，黑压压的都是人。我还进到一个商场，横走过车辆来往的马路，在图书馆看书的时候不知道避开别人就打喷嚏遭到表姐的批评。

还有一次我和表姐在下午去看电影，我第一次走进了电影院，看到了里面的黑和整齐的并排的座位。电影演的是《雷雨》，里面会猛然轰轰地响起雷声，这样才会引起我的注意，除此之处，我什么也看不懂。看来表姐也看不懂，我们终于忍不住出来了，在回医院的路上，我不小心摔倒了。那正是一个用砖头横斜过来，用砖头的尖一块一块地垒出的花边，我竟被它绊倒了，我突的一下坐在了尖上。

那是我在青岛崂山最尖利的一个记忆，我在坐倒的同一时间尖哭不止，我的哭声是带着惨叫的，我的心都拘得不能呼吸，我不停地哭，不停地哭，表姐站在那里等着我停下来。后来她终于没有耐心了，她并不是和我耍态度，她只是想让我哭完了再说。她丢下我自己回病房了，说一会儿我不哭了再来领我。

我还是在哭，我挪着身子坐到平地上。医院四周很安静，并没有人走动，在青黑色的夜色里，四周还开着有可能叫作木棉的花。我没有人管了，连自己站起来的能力都没有。我只是坐在尖尖的砖头尖旁边，因为哭得厉害而感觉到头上的血管嘣嘣地跳，我昏得几乎想要躺下来睡觉。但我还没有能力因为未来和命运而哭，我只是因为疼。

每天早上，我还会看到一些锻炼的人，有的是因为手没有力量，有的是因为脚没有力量。所以有的人在练手，他们用手推石头墙，或者拿着砖头，从这边摆到那边，又从那边摆到这边，就像老实干活的劳力。练腿的就会走路，蹲下又起来，走上台阶又走下来。那场景就像一个小型的劳动现场。每天早上，我还会听到练操的音乐，不过是由工作人员来做的，我们病人因为病情不一，没有一个可以参与的。

我腿上的穴位处从来没有停止过青紫的颜色，特别是膝盖的背面，都已经成了鼓起的大包，里面就像淤起的血块，就连蹲下的时候都会疼得厉害。我偶然还会哭，或者攥着拳头，咬着牙坚持着半个小时的治疗结束。

医院的另一侧有一块沙滩地，它几乎就是为了让人们摔跤的。我的脚在平地上有时都会扭着，在沙地上就更会，所以摔啊摔啊。我看到晚上窗子的灯亮起来，有的是灯泡，有的是灯管。灯管的亮非常好看，荧荧的，用手在眼前挥动有点颤抖，很奇妙。我在想象某个窗子里的人，他们是住在这里吗？我奇怪他们都在房里做些什么。有一小群人推着一只担架小步地跑过沙地旁边的小道，表姐就把我的眼睛用手捂着，我什么也没有看清。

时间一天天过着。每到一个星期就会来一个女大夫，她拿着一条软软的皮尺子，然后在我的脚踝骨处圈起来，小心翼翼地记录下数字，然后又转至大腿处，用尺子圈住，也相应记下记录。他们是要知道病人的腿是胖起来了还是瘦下去了。

日子慢慢地变成了生活，在一种说不清的等待中一天天过着。

猛然有一天爸爸终于来了，他说，我给你们拿来了钱，你们可以在这里继续住着。

我们谁都没有继续说别的话，那正是个早晨，我们手里端着稀饭碗围在一个床头柜似的小桌子上吃饭，还有一个咸菜碗。我感觉自己的眼泪在不出声的时候是大滴大滴落下来的，噗噗地掉进稀饭里。一旦开始，就没法收回了，我的表情变得难看，眼泪掉得更凶，只是一直强忍着，尽管抽搭却也没有说一句话。我说过坏表姐是一个意志坚强的人，她低头吃着饭，只是听从结果。

爸爸说，我们回家。

我终于可以回家了。我的家乡在河北平原上，那里的麦浪带着金黄和欢快的风。我会看到姐姐妹妹和刚刚学说话的弟弟，还有我的妈妈。我想和他们在一起。我在那里不会感觉到自己是病人，不会陷在对病的探究里。我在家里只是不会走路的孩子。

我们出发了，我们终于又坐在火车上。我们终于看到了田野，它和我们一起飞奔。

2006年12月30日星期六

## 夫妻

昨天晚上我在房里，听到妈妈和爸爸在客厅的沙发上边看电视边说话，电视里正演着一些祝贺新年的节目。妈妈问爸爸，你总结一下去年你最高兴的事吧。

爸爸说：搬进了新房子。

妈妈说：我学了跳舞。

爸爸说：涨了工资。

妈妈说：我也涨了工资。

妈妈说：还有呢？

爸爸说：嗯……。他在想。

他们坐在沙发上，地板擦得很干净，头顶亮着灯。爸爸和妈妈的头发都已花白。一生，他们从没有说过要分开。

2007年1月2日星期二

## 平遥城

在这个城市里待得有点久了。在某一天把自己第一回在某个较好的刊物上发表的小说一页页撕下来，那是个小年，没有人陪我。我找来一只笼子和一瓶白酒。开始喝酒，烧书。那里面有一个人的名字。我不知道他在哪里，唯一可能使他知道的方式就是烧了它。

后来就醉了。醉得很严重。仿佛活不成了。

我坐车去到一个小城平遥，听人说，这里属于世界古迹，因为保存着最为完整的明清时期民间院落的建筑。我一直喜欢一些古旧的东西，因为知道得少，不敢宣称。去了一次小城，自己一个人坐大巴。那里是新鲜的地方，没有谁的气息。

城分里城和外城。外城是现代的，和别处没有什么不同。里城是保存古旧的，青石砖，民间的院落，后墙很高，过道时而异常地窄，撑开两只手就能同时摸到两面的墙。去时天黑了，急着进了里城，若睡在外城可能会继续孤独。我住的这家旅店是最传统的民家院子，分前后两进院子，院子里有红灯、水缸，我的门堂里有一幅弥勒佛的画。一对国外的情侣住在我的隔壁，他们走过时有一种陌生而使人排斥的味道。大概首先是当作同类来看的，所以排斥。

我住的房间，都很好，土炕上放着小木桌，桌子上有大头的火柴。我坐的是太师椅，漆面退了色。地面是青砖，窗户是格子的，有剪纸。

住下来。觉得想睡个好觉。院子很安静，长着树，月亮落在角落处。不能打电话，不能看书，因为觉得自己在远方。

清晨起来了。找了马车，想四处走走。后来就去了老购物街，那是一条细长的巷子，各种民间的用品繁多而温暖。买了一只雕漆瓶子和一把木梳，那卖梳子的人可以在梳柄上烧出烙印，问取什么字好。

站在街头直起身来，想叫青春吧。

然后又止住，说要不叫年华也好。人总是梳着梳着就老了。

又想，继续站在那里冥思，冥思在悠悠走动的人里，到处都是饰品，到处都是情绪。

我说，叫青华吧。

这几乎是我编出来的词，它是否曾经存在都不知道。只是觉得好，不是年华，不是风华，是青华。没有别的词成熟，但艰涩醉人。

继续走，继续走。琳琅满目的张望就如人生的寻找，从街的这头到那头。

很想给自己买一身明清时的衣裳穿。大水袖的竖领小袄，要绿色的，绣着荷花的。手腕要戴镯子，最上等的碧玉，要碰在石柜上叮咚作响的。然后，在这城里就不出来了。就生活在这种借来的已经过去的朝代里。

想在这里留下来。在这里表情可以呆板些，举止也能很慢，或者坐在窄小的房里发上半天的呆。我找了几家民房，有一间很破，窗棂上的纸突着一个个的大洞，风来了就哗哗地响。还去到一个地方，是偏房，地面是土的，只有炕。

对于我哪里不是家呢。在这里，我被时代所埋没，好像从时空的缝隙里逃走，那么，此生的心事是否可以放下，而后没有责任地生活，没有身份地生活。我感觉到了它似乎是可以的，我在这种民间的寂寥中感觉到了一种拯救。

我很想赎罪，也很想疼痛。

一个人坐着人力车在那个里城转，骑车的人是一个断臂的人，用一只手招车，垂着另一只空垂的袖筒。他在帮我找可以住下来的房子。经过一家人的门前，他说，这里曾有块石头。据说，里面有一只蝴蝶，它在全部封闭的石头里扇动翅膀。

然后呢？我迫切地想知道。车子在继续走，我努力地转着脖子回望。

据说那块石头已有上亿年，蝴蝶和石头是同生的还是后来什么时候有的，人们分析不出来。一批批国家级专家来到这里围着它研究，一个富商要以二十九万元买走，国家不许，他们带着它回北京研究，还动用了飞机。但蝴蝶在飞机上死了。那人说。

人们说这块石头一直在门边上，主人和路人总小解把尿尿在上面。也许这是蝴蝶存活的条件。

我陷入遐想里。想那只石头里的蝴蝶。

晚上还是回到旅社睡觉。对面的外国游人走了，房里空着。院子里照旧挂着红灯，我睡在土炕上觉得有点凉。离开那个城市，逃开了等待，但在这小城又引入进对前世的追问里。呼吸变得更使人无法安宁。

想着那只蝴蝶。

想着那只蝴蝶。

从那个小城里我带回来写着“青华”的木梳和红色雕漆的瓶子。

我还得离开，继续经历严酷。也许走走停停就好，未必要有固定的家。

2009年4月29日星期二

## 学会欢笑

我喜欢看一些风景的照片，看着，就很快乐。有时候描述也是一种愉快。想要将它们一一写下来。有一张图片是遍地的油菜花，它从你的面前一直铺向很远的地方。天空留的空间并不大，大约只占了四分之一的样子，天很蓝，纯净得没有一丝云。我感觉那些黄色的油菜花正在被风刮着，所以有倾斜扭动的空隙，我感觉风使黄花在欢笑。

我想起在镇子里的时候，我坐着谁的自行车路过野外的一棵树时，看到坐在树下的那个疯了的男子在向我欢笑。他的名字叫窗帘，因为他睡在一个楼道内有暖气的窗台上，他爬上去将半个身子空悬着，另一半身子贴着玻璃。他总是麻木着一张脸，揣着手在路上游荡，人们都知道窗帘是不会笑的疯子。

我曾经想要给他剪指甲，因为他的指甲太长了。他长得帅帅的，穿着破了边角的长衣，头发垂在胸前。他坐在我家的阳台前的台阶上，我急急忙忙回屋找剪子，可是回来之后他已经不在了。又在后来我终于将两颗鸡蛋送给他，我是专门拄着拐杖找到他常在的地方，小心翼翼地将鸡蛋远远地放在地上，然后说，这是给你的。

他一定是记住我了，他向我欢笑了，不知道这个镇子除了我谁还见过他的欢笑。那大概是个秋天吧，叫作窗帘的疯子坐在一棵树冠并不大的树下，依旧衣衫褴褛。我坐着自行车感觉风正在被车轮带起，四野向远方遥远着的样子，眼前的景物正在一点点地移换着，他就呼地映进来，他的笑已胜过微笑发出了声响，他的牙齿都是这样露出来，皱纹也因之增多。他抱着腿，头顶着那一点点树阴向我欢笑，而后他就在我的视线里远离了，我继续看到渠里的水，看到掉了花瓣的饱满的向日葵。

那一天，我感觉到生活是这样美好，他记得我。

生活里充满了多少对欢笑的期望呢。

我看到那些少男少女们在广场上猛然欢笑起来，欢笑就像猛然从易拉罐儿喷发出来的啤酒，会喷溅在他们的身上。他们在欢叫，在瞬间你会看到血色在他们的脸庞上旺盛。我看到欢笑了的人，她的四周如多点了无数的灯，亮堂堂的。如果她是女子，她就有点像仙子一样可爱。如果是男子，他会充满力量和朝气，他会将胸膛挺起来，让女人和母亲相信。

我想起几米的画来，总是简简单单的几笔，配着几句淡淡的句子，伤伤的远远的情绪就来了。它是世间无法回避的。我想到那些哀伤的人，他们就如坐在秋天的枯黄里或者暗处，伤心是独自的狭小的世界，如果到了极致就会被排除在世界之外了。一个柔软的生命，可以感觉风和阳光的，是可以看到绿草和音乐的，为什么要离开呢？我常想象一个女子在流浪的时候赤脚走在高速路的一侧，车身上的风时而席卷她的围巾，危险呼啸而过。

快乐就如春天，是在死亡中挣扎出来的生命，是经过黑暗之后的明媚，是完全心灵的故事，是在料峭的风中一点点迎来的温暖，直到百花都真正盛开。我们是要欢笑的，要为桃花欢笑，为四方的蓝天和荡起的尘土。

我们记着要爱自己的生命，要爱自己的情绪就像爱自己的孩子，不让它坏了。这是一种坚强、一种自尊，是一个人的气质和魅力。你是你自己的，在你疼的时候，没有谁会甚于你更疼，在你伤心甚至自虐的时候，没有谁会替代你潜入地狱。

地球上布满了绿色的植物、海水和各种奔跑着的动物，那些阳光照在茸茸的草上，就像迷漫的金点子使你眯上双眼。那种空大和遥想是你生长的环境，它们为你而设，如果望去，希望就已经开始了。

我相信欢笑一定是生活里的主张。我听到电视里的笑声，那些主持人有着最明显的变化，他们不再只是奔着主题而来，不再是心里想着“象征”和“代表”之类的词，跃于这些之上的竟然是快乐。他们学会了幽默，学会了拥抱，学会了大笑。

我终于有点眼眶湿润了，因为人们终于知道了苦难。

我爱你们！让我们欢笑吧！我们只是一个不起眼的，连不起眼都不值得讲的小小生灵，我们会尊重自己的生命，但也会知道自己的小。我们再不伤及自己，也不伤及爱你的人，因为他们和我们一样地生活。谁都没有权力引发别人坏的情绪，那是犯得太大太大的过错。让我们一起学会欢笑。

下雪了
飘雪花了
不冷了
痒痒的
…………

2007年1月3日 星期三

## 弟弟说梦

这几天我住在妈妈家里，弟弟一直和妈妈一起住。吃早饭的时候只有我和弟弟，他忽然说：“我梦到你了。”他说话的时候总是很小心，好像是吸着气说的，动作细小连贯又柔软。

我不知道该如何再继续下面的话题，我拿着筷子故意很认真地对待这个问题，几秒钟后我告诉他：“嗯。我没有梦到过你。”

这些对话听起来就像两个智障人在对话。

但他并没有笑。我也很认真。我想，如果他愿意继续说梦自然就会告诉我，要不要说它，估计他需要定夺。

他开始流畅地夹着碗里的面疙瘩。饭是我做的，我很少做饭，对生活知道得并不多。碗里还有荷包蛋。桌上放着一小碗腌黄瓜，几条挺咸的小黄鱼，还有一点煮羊骨头盛上来的汤。

他的声音还是很小，这是他说话的方式。“我梦见你买回了一条鱼。那条鱼是红色的，还有黄色的耳朵！”他说。

“哈哈，”我说，“你真会做梦。”

“你从袋子里拿出来，我看见它有耳朵，鱼有耳朵！”他自己也觉得蹊跷，所以笑。他笑的时候会用一条腿在地上跺一下。就像人有口头禅一样，这个动作是他高兴时的特征。

我们寇家是善于讲故事的家族，我们天生演习了一种叙说时的特殊语气，时而激烈，时而又委婉虚弱的样子，有点冒险和探索的语调，就像在走入一个自己根本没有涉足过的地方。我的大伯是我们家族中讲故事的代表，他很会运用声音，时而高亢，自得得就像一个孩子，摇头摆尾，时而又像一个密探，缩头缩脑，在黑夜里东瞅西望。而我们其他的人也是适宜听故事的人，要跟随其中，忽然爆发出大笑，并且要参与议论，兴致不已的时候要使劲地拍大腿。我们习惯一大家子围坐在桌子前，有的因为没有坐处还得在地上站着。大伯最为经典的讲故事事迹是他来山西后，姐姐的公公请他来家里做客，他讲到山西是孔子没有到过的地方，什么原因呢？他说因为孔子被黄河拦住了，当时孔子发出感慨说：“黄河之水滔滔乎！”他的一句话把从来不习惯听故事的姐姐的婆家人笑坏了，先是姐姐的婆婆忍不住笑了，而后大家都制止不住地没有借口地笑起来。他们对这件事一直念念不忘。

而姐姐的公公偏偏是一位爱做研究的知识分子，便悄悄地和家里人说，孔子在山东，黄河在山西以西，被太行山拦住还差不多吧？他暗自思忖着是自己的地理知识出了问题还是大伯的豪爽粗犷出了问题。

在以爸爸为中心的我们这个小家庭，爸爸和姐姐也是讲故事的高手。我们很少谈生活里的细碎，而是讲流传在民间的事、历史人物等。妈妈嫁过来已习惯这种气氛，总默默不语，由着我们去。而在讲故事方面，我和妹妹还有弟弟好像继承得并不多，我们没有姐姐那样全套的完整，她整个一个“寇家人”的模子刻出来的样子。

可是在弟弟和我说梦时，我忽然从他的语调里也听到了寇家血脉里流淌的声音。由此，我感觉又像被温泉浸泡时的踏实和依恋。这是我从小对寇家人气氛的依恋。

他说：“我说这么好看的鱼别吃它了，咱们养着吧。我就拿了个盆把鱼放进盆里。这时候你就走开了。”他也并不着急把梦讲完，断断续续一片一片的，这很像我的爷爷、大伯，还有姐姐。我也并不催促他，也不提问，这是听故事的一种经验。我们继续吃着饭。

“盆里放着水。结果那鱼放进去之后一下子变成了两条鱼！

而且是变成了两条黑色的鱼。”他微眯着弥漫着烟雾似的眼风，空荡地掠过我的脸和对面的墙。

我又拿着筷子大笑。我说：“你真是出人意料啊！”

他也跟着笑了，然后思谋着，拿出匪夷所思的样子。“更奇怪的是，那两条鱼又会生鱼，他们的背上都往外生鱼，一生就是三四条，生出的鱼又这样生鱼。”他皱着眉头说。

我说，这不是“子子孙孙”吗？

弟弟和大伯他们又是不同的，大伯他们是近于镜子，来了，就会反射出去，是不予自己消化的，而弟弟是自己肚子里云雾缭绕之后出来的结果，他时常悄悄地，很少细致地说出来。他具有独立并新鲜的气息。我想和他说一说卡夫卡，其实某种感觉里我觉得弟弟就是卡夫卡，细致的，梦幻的，悄然无声的。

“是啊，这样生下去可咋办？”弟弟说。他吃完了一碗，把锅也端过来，让我先再舀点，锅就放在我们桌子上。桌面上零乱地放着大小不同的碗盘。

“我见鱼一直这样往外长，就用塑料布把盆罩起来了，很快就发现整个盆里都黑乎乎的了。这个时候你又回来了。”弟弟说，“你端起盆喝了一口！”

我又大笑，我说：“这是怎么回事，每次下一个情节都是我不能想到的。你太厉害了。”

“哈哈，”他这样大笑，又跺了一下腿，然后继续说，“你喝完之后说，还真好喝啊。”

我这一句一笑地叫怎么一回事儿！我边笑边想。听众太少，搞得我和讲述者一样重要。

弟弟不声不响地讲完了之后。又想起一个来，说："今天也梦见你了。"看来这成了他讲梦开篇的一种固定格式，就像祥林嫂一遇见人第一句话就是"我真后悔"一样。

弟弟的讲述跌跌撞撞，使人心疼。这是一种陌生的表达。这样的表达是孤独的。

在弟弟的世界里是单纯的。他一直保持单身，又不想在世俗的世界里争夺什么，所以，他身边的事和人对他都是重要的，比如二姐我。若是人遇的事多了，梦也就复杂起来，不像弟弟梦的都像童话一样。就像我，今天也做了梦，竟梦到领着一个自己打扮起来的陌生女孩子，带她去见异性，他们说她漂亮，我说那是我帮她打扮的。当时我在梦里就开始谴责自己，争什么功呢。我没有把梦讲给他听，这说明我比他阴暗和复杂。

在此时我自己一个人静下来，仔细地梳理着我们寇家的支脉，发现，弟弟是一个破除旧体之后全新的人，具备天然艺术的细胞，那种善良、悄然、单独和隔绝。

哦，令我心疼的弟弟。

2009年2月11日 星期三

## 感恩

我要坚强，我要爱这个世间。

2009年2月11日 星期三

## 为艺术家的父亲

那日跟着姐姐进到一个搞艺术的摄影家的家里，经过允许，我去到一个卧室，我看到了床头上摄影家拍的一张照片，那是摄影家的儿子。他的儿子在另外的照片上已经见过了，高高壮壮的，笑呵呵的，大约十八岁的样子，而这张照片还是九岁十岁时的光景。那是在野外照的，一块大约种过玉米的空地里遗落着一块巨大的石头，儿子坐在石上。他穿着还是过去人们穿的棉裤棉袄，小脸被冻得红红的，就像村里的孩子或者鲁迅先生说的闰土的脸。他面向着前方，冬天的太阳有点泛黄，泼洒在他脸上，使得他的眼睛有点不自在地睁着。

我喜欢他的那双脚，他的脚上穿着靴子，他的靴子上沾满了雪，鞋帮的雪将脚底几乎是托着的，由下而上鞋背上的雪慢慢地散落开，连同裤角和小腿上都粘着雪末。

这照片的逼真和颜色是往日人们的照片中不可得到的。父亲是这样一边有着爱儿子的心，一边有着爱艺术的心，才会成了又亲情又艺术的照片。它处处充满了情趣和亲切，它使得一个平常的孩子成为油画中可审视的内容，使他的亲人和亲人之外的人都将注意到一个遥远的又切近着的谁家的小男孩儿自己的世界。

我由此想到孩子的整个生活都是在父亲审视的视角中长大，他的稀疏平常的小事和成长因着身边有着懂艺术的父亲而着了色，而有了故事情怀，有他自己都不知道的底蕴。我想到如果哪个陌生的女孩儿让他在网上发一张照片认识一下时，他的心里是多么坦然和自在。他不会因为担心自己不出众而遭到女孩儿的遗忘，他坦然得几乎不一定是自己了，而是父亲的眼光，在父亲柔软的梳理中，总有些什么东西要亮起来的。

由此，我又想到摄影家的妻子，她端庄地坐在一把椅子上，穿着中式的服装，一个相貌平平的女人，因为一种姿态而突立出来。

生活在艺术人的身边，你的生活就会是艺术的。他将它们提炼出来，摆给你看的时候你才会吃惊，原来也还可以这个样子！

可知，艺术的缺失和拥有是多么大的一种不同啊。一种只是说明着存在，另一种却是在诉说着生活感——你生活地活着。

2009年2月12日 星期四

## 草儿在唱歌

我是一棵植物，我没有名字。我该有的都有过。我在不应该寂寞的时候寂寞了。

我是一个山妞，我在清泉旁边穿着红色的棉裤，我的小辫像我热恋着的女孩儿，我用着男子的心，爱着她的青春和焕然。

我在天黑的时候流泪，我在一小块土地里急慌地奔跑，散开的辫子打着零乱的花儿。我坐下来，坐在一个小土丘上，可以望见落下的太阳，望见爱着的人的房顶。

我长成自己的模样，急着说话又发不出声响，他们大多也都被遗落，所以我也一样。大山不屑于我的攀爬，所以它向我敞开。太阳也不会因为照到了我就会缺少了热量，所以它才普渡众生。还有街道，还有广场，我走着和不走着都不会震动地面，都不会印下痕迹，所以，才走得自在，没人驱逐。

我静悄悄地感觉阳光的婆娑，我站在一棵古铜色的枣树下透过枝丫眯起眼睛。我的脸被太阳剥出了血色，我的睫毛坠上了太阳重重的七彩霞珠。我深深地喜欢它而一直闭着眼睛。

思念是我的妈妈，她是我心中遥远的故乡。她是一个念想，她使我在像音弦的水溪里起伏跌宕着忧伤。

遗忘使人多么地慌张啊！在黑夜我像小鼠一样地钻出来探望。我站在窗台上移动脚趾，用舌尖舔一下结着冰花的玻璃。我奇怪这些地方，常常潜下心来让四周与我对话，常常怀疑这里面是否还存在着另外的玄机。我看到新的东西就惊慌，我会忽然觉得自己快乐得没有理由。

我是一棵蓄着心事的草，草儿没有朋友。

我站在四季里为自己而争取，风沙一次次地冲过来，我抵挡外侵，要留住青绿，我的心啊在呼唤着不许老去。我在自己的世界里哭闹，我想要死去，又想要鲜活。我看到雨水打湿了我的眉毛，渴盼就像大海一样淹没了我的眼睛。我在漂浮的水里分离自己的爱情。

我感激天空的平静，它知道我只是属于自己，它像山和太阳一样不在乎我的情绪。

草儿幸福。草儿孤独。草儿每天都在唱歌。

2007年1月5日 星期五

## 无题

你走在空空的巷子里，秋天黑夜的巷子里。你走得绝望又抒情，走出一脸麻木和麻木中的美丽。你感觉冷也是好的，你觉得黑也是好的，你觉得孤单地听到自己的脚步声也是好的。你觉得可以拥着一个期望中的影子，他越是暖，你越是麻木。

你可以放弃自己的，在那条幽长干涩的巷子里，你看到瘦干的雪花少得可怜地落下来，在秋天，在你漠然的盼许下它到来了。你放弃了管制，放弃了心里一直装着的，在瞬间，它们都成了沙粒，混着雪末的冷一粒粒从身上剥落下来，你觉得好。

你不再自制着呼吸，你连悲伤都在那一刻放弃。你不会哭，哭是一种劳动。你只是自己走着，走着，希望巷子没有边际。你忘记了自己的长相，忘记了自己的身世、自己的家庭、自己的性别。你将它们统统放弃，你甚至都不再想自己是什么。你只是漫步在一个有着雪末的秋天里，任何东西都不会惊动你，你是一件沉睡的衣衫。你所能听到的只是前行时的步子，拖沓又不粘连，步子的声音是好听的，步子是你唯一的快意。

终于你步子也不想走了，你想停下来，想要连力量都放弃，你想要坐下来，想要躺下来。你陶醉地躺在无人的巷子里，忽然想哭了，颤抖了几下又觉得累，所以放弃了哭。想要睡了。雪打在脸上，还是干干的，它顺势滑下去，一点点都没有消融，你在这看似真实的虚假里觉得飘浮和嘲笑似的快乐。

你闭上眼睛，你畅想鸽子为你飞腾起来，染成了白亮的天空和飞扑的声音。想要唱歌了，嗓子发出一点声音，想要将最后胸腔里的一点热量也让它出去。

全都出去。

2007年1月6日 星期六

## 变纤柔了的

如何分辨爱呢？如何分辨你爱他呢？你坐在沙发上织着毛衣或在与家人说话的时候，忽然一抬眼就会触到的那张并没有在你面前的脸。原来，当你在无人的时候也会用表情，你不再只是痛苦和惶遽，不再因为身外的事而脆弱得泪流满面的时候，当你成了宁静，成了无声，成了轻锁了的眉头，当你的眼神隔过了近处而在深远时，当你的心融成气在胸腔呢喃——你知道，你已经不想用那个字来表达，你觉得它说出来太硬了，就像掷在地上的硬币，它已经轻轻地碰了地面，刺激了耳朵。

当你成了发丝，成了薄烟样的气，当你成了挤动丝绸的风，当你成了月亮边儿上的晕，当你喜欢穿白色的长袖衣裙，当你……当你想要如何都觉得不够纤柔的时候。

你不会再用嘴巴说话，你只会用眼睛了。

爱，就是变纤柔了的。它是可以做鸟儿的窝的绒，那像云一样的绒。

2007年1月7日 星期日

## 青春黑暗之闺蜜欢洋

说起成长的青春期，想到的是我妹妹，她在那个阶段性格是那样异常，她常常一副烈士的表情，对谁的话都要报以攻击。虽然我们在一起上学，但她从来不理睬我，就像我们陌不相识，她走到我的桌子前用藐视的目光斜视着我，丢下一句使人难堪的话，而后像小鬼子一样扔下我。

后来我渐渐地觉得，人在任何一个时期其实都是在一种莫名的病里。我还认识一个叫燕儿的女孩子，她早早地就恋爱了，她把她男友的影集放进我的书桌让我保存。燕儿走路就像带着血腥的女魔，她的艳美和极致的性格使年轻的男老师都窘迫，她能甩起胳膊很快意地把书摔到桌面上，一拉桌角，扬长而去，留下男老师张口结舌，也惊呆了我们那些老实巴交的孩子。

我和欢洋那样好是因为她信任我。欢洋是我的闺蜜。欢洋跑了很远的路去到我临时工作的地方，那是个上午，她把一张折叠的纸塞给我，她对我的信任使我意外和不理解，上面写着她的一个梦。信上沾满泪迹，信上还说，真想死了。欢洋是一个又瘦又高的女孩子，她觉得自己举目无亲，父母总是在吵架，没人有时间爱她。她觉得自己孤单地像只可耻的小麻雀。她走了那样远，就是为了让我知道她的梦，我看到她写在信里的眼泪和信纸上的眼泪。

她是一个好动的女孩儿，却可以耐下心思扶着我走路，在雨天可以一天陪在我身边。十八岁的时候，当她还没有长大，她的哥哥出事去世了，她知道了这个消息便跑到我的家里来，说她的哥哥死了，她昨天晚上分明看到他哥哥回家拿东西了，可是哥哥昨天晚上已经死了。她一天都待在我家，和我躺在同一张床上，嘴里喃喃地说着那些困惑的话，我一直很小心地在想她的哥哥会不会今晚也找到我们家里来看她。我很害怕，可是我看上去好像一个大人一样安静而温暖。

欢洋还得罪了一个六岁男孩儿，大概是因为男孩儿那六十岁的爷爷常和欢洋跳交谊舞。欢洋是爷爷学校里的学生，那个六岁男孩儿总像一只小疯狗一样追着她打，她就尖叫着四处逃窜，欢洋把我作为中心，在我身边躲来藏去，搞得家里鸡犬不宁。我是一个不能走路的人，但也许在她心里我可能像是一块土地或者一棵树，是可以停歇和依靠的，所以她真的爱我。

还有一次，她长跑比赛得了全校第一，她来不及和旁边的老师同学打招呼，又跑了两里半路来到我的窗前，她大喘着气说，我得了第一，你是第一个知道的人。然后她又觉得自己说得好笑，就又哈哈哈地笑起来，她狠命地喝了一桶我们小卖铺的芒果汁。我要走了，她说完又返回学校领奖去了，据说校长还在现场等她。

后来我们几个年轻人七手八脚搞了个大饼屋，我不小心伤害了她，或者说，我确实忽然变得故意，为什么要故意，因为另一个她想不出来的故事在起作用，而我又无法给她解释。她没有反过来攻击我，也没有责怪我。她从大饼屋离开，我就知道我们很难再如初了，用一句恋爱里的话就是“爱之深则恨之切”。那时候她需要有人爱她，她还没有恋爱。

后来被娟子中间撮合我们见了一次面。再后来我有了宝宝，她们一起买了一件宝宝衣送我。后来她有孩子的时候我去看她。仅只这些，都是表面上的事了。我曾问她要电话发了信息，她是不回的。后来几年又重新要了电话还是不回。

我还有几个女友，娟子是因为太美丽，我喜欢她。还有康云，她天天扶我放学，陪我站在梧桐树下等哥哥来接我回家，而叫莉的那个闺蜜则喜欢坐在我床边，我睡着觉她就一直在旁边等。和欢洋则是源于对我不加思考的信任和依赖。

还记得一次自己的哭喊，把头蒙在三层被子里大声尖叫，肚子里的气息被顶出来，眼泪淹没了自己的耳鼓，我出不去，我是一个被囚禁在房子里的人。

人生的天空挂满美丽的星星，我常幻想我和几个女伴坐在一起向天空欢乐地张望，感谢在我的记忆深处有她们那几个漂亮的天使，感谢在我生活最空荡的时候她们给了我信任和细碎丰满的爱。

现在欢洋早已经结婚了，有了两个小宝贝，可是她仍旧没有联系我，我就像被抛在空中的人，那是源于我没有承担住她对我的信任。这个从小就很叛逆的小家伙仍然像敌对别人一样敌对着我，或者连敌对都没有，成为一种不愿去想的放下。

午夜，细碎的枝叶响成海，薄瘦的身体和薄瘦的思想混合在无尽的眼前的现实里，它就像一株刚从冬天的土壤里爬出来的嫩苗，连雪亮的阳光对于它都是损伤。

听人说女人后来都会没有了朋友，源于生活，源于担心自己的男人被偷，源于她漂亮还是你漂亮，源于我们谁有钱，源于种种小心思的攀比，防不胜防。闺蜜是一种一旦结婚就彻底瓦解的奇异组织，基本无一例外。因而，那些天天耗在一起的女孩时代就像春天的花，如此金贵，瑰若晨霞。

亲爱的闺蜜，宽容我们自己的青春吧，所有那些大的和小的种种往事。我们互送幸福。

愿我亲爱的闺蜜们幸福健康。

2009年2月27日 星期五

## 牢者，就是被围困的人

有一个杂技表演者，他的表演就是玩三枚球。他的全身塑成裸着的样子，用着与肤色相近的赤黄从脚趾到腰间紧贴着，身体每一块起凹都是清晰的。舞台很大，却只有他一个人。灯光是从头顶上方打下来的，就像一个卷筒将他罩在其下。

他的胸部有隆起的肌肉，胳膊也是，却仿佛是一笔笔画出来的效果，又真实又不真实，他在若真若幻里频率很快地动着全身。他的眉毛是秃的，用着白白的线一直画向脑际，还有他的腮，也是用晕开的白线一直描到耳后去。他的样子就像一条鱼，他有点异形，有点有意识地远离人的亲切感。他的行为是那样怪异，他行动自若却又留有余地，就如有一根绳在中心扯着，任何时候都不会松垂下来。

如果注意力有十分，那他一定是用了十一分的，他的嘴唇间会不自觉地留出一条细细的缝，那是用心使然。他专注地玩球，让它们游来游去，飞来飞去，跳来跳去。他在那些球里滚动着，球在他的身体里滚动着。

我想起一个新词来：牢者。

牢者，就是被禁锢在某处的人，比如地狱，或者是精神被一件事物所围困或囚禁了的人。牢者，讲的是心牢，越狱的人应该不算。牢者会在自己的行为里专注，哪怕是一丝风也刮不进来，他已经感觉不到对与不对的问题，他恍然望着对方，受了无辜似的问：我怎么了吗？而此时他也许正处在危险的楼顶或身体吊在窗外随时会坠落，但他自己却浑然不觉地反问。

人们说那球玩得真好。那是自然，那是他的全部，是在唏唏嘘嘘的喘气里一寸寸换来的。你不深入也许还并不费解，但只要定神去看会越用心越吃惊，他已不把玩球当玩球，他把玩球当成了四方扩张的世界，他的意愿是这样的：更好更好更好，更细更细更细，更绝更绝更绝。

那舞台很大，觉得很寂寞。灯光照得这样亮，放大着他，岂不知道，放大了的，就已经可悲了，台下那么多看表演的人在看，他们是怀了什么心思来的？是在看球，还是在看牢者？

他扣在筒形的灯光下，也不逃开。

2007年1月8日 星期一

## 我想有一辆单车

我想有一辆单车，它可以是几种颜色的，如淡蓝色、灰色、白色、红色都好。我非常想要骑着它去到一些地方。

我不喜欢自己在说话的时候像个女孩子一样叽叽喳喳，也不喜欢闭着眼睛没有理由地乱想。可是我想要一辆单车。

我想到在一些电影里有些画面的底色是泛黄的，或者带着点青绿，会让你感觉它们在不同的时光里。你会看到一个墙角是用砖头砌的，屋门是木头的，地面是土的。也许就会有一辆单车放在那里。那单车也一定涂着电影一样的底色，或是泛黄，或是青绿。那车子可以是新的，也可以是旧的，可以在车梁上搭一只布袋，上面绣着花或字，或只是军绿的。

我的心会猛然飞翔起来，我的脸上瞬间都是欢笑了。我想要去田间，去麦地，我会混在一片纯香里，身体在起伏地颠簸着前行。我会感觉到成熟的麦子制造了奶水一样的朴实，还有金黄配在阳光里用以歌唱。我将是多么快乐啊，快乐得成了最单纯的人。我的飞翔是在麦间的，那是我的大地，我的母亲，我的一辈子都相爱的情人。我希望我的麦地是无边际的，让你不会疑心不小心站到了外边。

我真想用无尽的笔来写在麦地里瞬间变小了的姑娘，她穿着花裙子，脸会夸张地通红，她会扬着双臂，身体遇到风就想起飞的架势。她无以表达快乐，就如小麻雀一样吱吱喳喳。

我还想去到一些地方，它是一条又一条的巷子，只要你喜欢，它永远都走不到尽头。你会在途中看到无数不同的门，有的开着，有的关着，有的半掩着，你会看到门里不为观瞻而存在的自若和新鲜。有一盆花在窗上。有一根绳子上晾着谁的衣服。有一小块地，里面空着，或者会有豆角花在开。有一只煤炉从屋里搬出来，上面放着刚刚用过的铁钩子。那家人的台阶下倒着一只绿酒瓶子。有个穿得有点脏的小家伙颠颠地跑到另一间房里，不胖却挺着小肚子。

我还会看到时高时低的墙垣，有黄土的，有砖的，有向日葵杆儿的。上面会展出一团绿来，或者探出的树冠掩了三分之一小道的上空。

我从不专门看它们，就只是在进程中总要一一地映入眼睛。

我在走着，不寂寞又更寂寞，越走会越想走，会走成逃避的样子，害怕结束。

我有一辆单车，我想天上会有雨落下来。我喜欢刚下过雨的某一时节。我希望它是在春天或者秋天，我希望它能凉一些，可以使你的手有点麻酥，它会使空气新鲜，会使你假想新生活的开始。我甚至不想再去别的地方，我只想在巷子里无边际地走下去。

我希望车子是没有声音的。喜欢它是用着自己的力量来控制的，它因为简洁而变得浪漫，因着古旧而使人怀念。

我只喜欢单车，我的羞涩和宁静只希望在没有人的时候自己知道。我不想要发出声响，不想要用机器来完成速度。当你不会行走的时候，却在驾驶可以飞奔的摩托和车辆，你会在它的威猛中感觉羞愧，因为那种反差使你羞愧。你本不该这样威猛，为何要不像自己呢？

我想要骑上单车，用自己的力量飞跑。我多希望在最简单的结构里独自狂喜。我也希望会有人看到我，可知我是如何地会表演，会使他们一生不忘。

我想要骑着单车猛然看到谁家华贵的大门外开着的一丛黄色的蔷薇花，大门上的铁艺弯着好看的花纹，大理石的墙柱整齐地排列着或站立着。那些花儿将它们都零乱了，它们晕染成一团香和松散，那些蜂儿正急着赶来。

我会一直将车骑下去，两只简单的圈儿在旋转，就像风车在蓝天里展示活泼。我想要不停地走过，不停地离开，让我没有时间再去想其他的事。我是一个单独的在四季里无法压制的纱巾。我在飞扬，却又喜欢必须被人握在手里。

我希望看到一些红色的花瓣，红得在视觉上涩涩窝窝，就像花粉散上去的浓郁和质感，我觉得吉祥和温暖，我感觉会在那里或许停留下来，我喜欢暖。我将车子放倒在一边，让它睡着。我要重回平静，坐在这红里，安安静静地抱着腿做一个乖顺的女孩，等待有人会过来摸摸我的头发。

我不会让车子离我很远，但我不希望再动它。

2009年4月27日 星期一

## 与蓝

蓝是静止的颜色，忧伤冷静，于无声中的生动。

蓝，如止于心的爱，不出发，却在那里放着。

蓝如此冷调，如此抗拒，不使人走近。

蓝是一汪凉凉的水，有沉下去的悸动。

是我一直被你爱，或你一直爱我的真正理由。

2009年9月17日 星期四

## 比喻

和姐姐早上醒来，她给我讲曾经一个文友与她的谈话。那文友说，怨天尤人的人可有一比，就如人们在路上走着，忽然路中间出现了石头，这样就出现几种人。

其一类：他们停下来大骂和抱怨，追究是谁做的。

其二类：他们见事已至此，便放下车一块块搬着石头，给自己开条路。

其三类：见状也不言语，转身回去了。

其四类：见石头堵着不能前行，又觉得不能白白浪费了走过来的路，于是乎又急又气，又没有好的法子，竟一下子倒在地上闭了气。

听完此话，大笑不止。最是第四类夸张的效果使人费解，就如漫画画出来的一样简单而省事，哇一下子，完事了。

他竟会死了，哈哈！我和姐姐大笑着，甚至用手捣着床板，笑得眼泪要流出来。

妈妈从外屋进来，靠着门框说，你们又在笑什么，是在笑我吗?

我们说，哪里哪里，我们哪敢笑妈妈。

妈妈说，一定是在笑我的，人老了总是当这个角儿，被人笑着玩。

2007年1月9日 星期二

## 妈妈的时光

我知道的语言太少了，并且好像本来词汇量就不多，所以坐在这里竟犯了难，有一词我一直想用在今天下午妈妈给我的感觉上，只是我找不到，就只是用“空闲”这个词来说，可是很不尽意，却又想不出什么好的。

我天天在自己的房间里思来想去，关了门，将整个压抑和快乐都储在自己心里了，我只知道门内的我，却没有想到门外的人是如何看我的状态的。如果我是我的妈妈 ，她会有怎样的心境呢？

下午，我打开音乐，听到弟弟给妈妈下载的一首她喜欢的歌，我拉开自己的房门，想让妈妈听。她的房间门也关着，我推开她的门时，我感觉到了，当你开门的时候一定会有第一感觉迎上来，它有着画面一样的映像感。由此我想到，妈妈开我门的时候也一定有种感觉。我忽然感觉我的每一天妈妈是这样细心地观望着的，她坐在那里，看到我关闭着的门，她在我门前走来走去的时候是将这件事系于心上的，是默不作声地体察着的。我成了她的伴儿，她反倒在我的背后默默无语地疼着。

我走进妈妈的房里，她的房里有着一张床，占了房间很大的面积，可妈妈却坐在一把椅子上，手里没有可做的事，就显得很无聊。我忽然感觉到房子是挺大的，地板擦得很光亮，一切物体都被地面赤裸裸地托着，有点突异出来的尴尬。妈妈就单独地坐着，也不睡，也不看电视，也不动动手里的活儿，她只是坐着。

她使我感觉到一种淡淡的东西，它不好随着语言而出，它是轻而软的，就如虚着的，像午后睡醒时的轻轻呼吸一样，浅浅的，微微的，静落着的，是一种索然。

妈妈的变化是随着年龄而来的，妈妈的智慧使得她愿意随从着衰老而俯首帖耳，她就像是一匹老马，在主人面前趴下来，下巴挨着地，她对年龄的驯良是那样无奈和乖顺。她知道一切都会来的，她安然于这种变迁，她内心是伤心的，却又不是刺伤，是可以像接受其他一样地接受的，她希望在灰暗的日子越来越重的时候，能够安然地平静地融入。

妈妈好像从来不懂去讲述这些，但她做得那样认真和虔诚，清晰理智，她在学舞蹈，她自己在房里找了布头做着一些杂事，那物品并不是如何地需要，她只是知道人一定会空落的，一定要有事做才不会让自己内心察觉。

我站在妈妈身边变得心里无话了，嘴上却更想找点什么来说。妈妈拿着台历看了。台历就在椅子边上的桌子上放着。她吃力地望着，将手里的台历和眼睛离了好远的距离，身子都在向后扬着，她一字一字地念，我就也过去念，上面说，五音听多了使人耳聋，五色看多了使人眼瞎，常驰骋打猎的人心会发狂。妈妈说是什么意思，我说，听得声音多了就会使耳朵变聋。妈妈说，哦，她感叹说，这上面的东西真是太好了，都是教人好的。

后来我离开了妈妈回到自己的房里又悄声地关了门。我想到“空闲”一词，我寻不出更贴切的来，它讲的并不是无事可做，而是更广义上的，是一种状态上的静落，是万物衰老中被取缔了的繁华，它不源于情绪，而是自身。妈妈终于被拢于其中了。

我坐于此，想到另外一间房里妈妈的空闲。

窗前养着妈妈的一盆铁三角，红色的瓣子在太阳底下生机勃勃。红色，最是浪漫。

2007年1月15日星期一

## 穿靴子的季节

在年前，我住在一片较老的楼房里，它们在城市的边儿上。楼筒子都是直上直下的，楼梯的扶手是光溜溜的铁管，里面多半住的是一些老年人。房间的隔音很糟，在房里走路，楼下的就会上来说。在房里大声地笑，隔壁的两边就会过来提醒他们是存在的。

我从冬天住到春天，这时节没有做什么事，就只是打字，想要写点小说之类。我睡觉的时间很不规律，时时是在晚上两点还坐着，如果将文字写完了，就畅想地舒散一下心情，没有举止地快乐一会儿。或者上了床盖了被子，听着音乐延误一些时间。可是有时候在白天却要一直躺到下午四点多，一直在被子里，衣服一直安好地放在椅子上或脚边。这种生活里的松散常常要印证给我一个道理，那便是我将身后的事推托得这样干净，说明了自己不是一个负责的人。

我的窗前没有窗帘，原因有几个，一是确实没有备着，又只有我和欢欢，她太小不懂，我又从不会做这种事情。但更重要的，应该是自己更喜欢这种情形。

这需要一点笔墨才能说清楚，或者也有可能解说失败。在我感觉里，房子没有窗帘就仿佛是没有人住在里面的，它不能成了一个独自的房间，它与外界是相通着的，它隐不住自己的隐秘，捂不住独享的温暖，它就如一处风口，或者荒山间的一条山口一样，外露着，使人觉得凉。这与我的心灵是多么相合啊，它能够使我得以平衡。

这“平衡”二字是我自身体会出来的，心在狂着，身体是不能安然无恙无动于衷的。若它也受到侵袭，能让自己想着外界的痛，也许会觉得公平一些，就像治疗中的转移法一样。我有一些自我治疗的方法，所以，总是可以使自己安好。

看着没有窗帘的窗户，觉得好。在夜里，常常会听到有两个婴儿在楼下的哪户哭着，我时时被看护孩子的母亲感染着，那忙碌和焦渴真是难熬。

我房里有一堵墙是镶着一面大镜子的，大概是二十世纪八十年代末时兴的装饰，可是现在看起来既落伍又陈俗，我就算低落着头乖顺地做自己的事情时，也难免宣扬了自己似的，好像每个动作都意义重大，可是我又躲不开它。一面是窗子，一面是镜子，我只能归顺地生活，就如人站在天井里，头顶的天就如眼睛，围壁的窗都有人影似的。可是我的心又不想归顺。

我坐在房里，房里的物具仿佛永远在消散着自己的热量，它们有点委屈地站立着，低垂着心。我将一枚头上的卡子放在柜子上的时候，会感觉那咔嚓的一声轻响是干裂的，又悦耳又刺耳。我在晚上往往会因窗子感到有点提着心，因为窗子仿佛自己使自己被放大了，于是，要好好地端坐，不能做出古怪的样子。或者就躺下来做点什么，看看书或者抬起两手来让它们在空中做着柔软的滑行和婉转，形似舞蹈。床是藏在窗台底下，躺着的时候还算自在。

如果下楼，常常会看到老人和他们身后沾着尘的墙壁，有一个外地的人提着袋子在卖木耳，几个人便缓缓地聚过去，将那些黑紫的小片片掬于干瘦的手心里，用另一只手的指头一点点地拨动着。去找碗，弄点水来，泡泡试试，他们表情认真得就如站于发射基地指挥卫星上天。

那天，我和欢欢出去走路，沿着小区的水泥路一直向外走，那路是可爱的，因为它是那样细腻平整，后来，我看到了那些梧桐。所谓遥远的感觉往往是在发生的时候才有的，如果一件事情你直视着它就觉得它是遥远的，它定是触动了你的，是情怀上的东西了。我看到那些开着紫花的梧桐，我便感到遥远了。我站于树下，闻到它们的芬芳，看到那些绚丽的颜色就如唐朝一样丰盛和华贵。那华贵不是视感上的，是潜藏着的旺盛，它们像烟气一样四散迷醉，隐躲着强大的却又不易察觉的力量。我站于树上，眼睛湿润了。

它们的霸道是因为喧闹了别人的心，它们会使你想到这一刻将会结束的。你会在它们最风华的年龄怜惜它们的凋零，又在烟树弥漫下感到自己张望的眼神。

我想起我那天穿的衣裳来，我是寻了很久才讲究着穿出来，一条很长的裙子，一件短小的绿色的半袖衫，买它的时候就是因为喜欢将绿穿在身上。我的前襟露着白色的内衣，鞋子上来回地穿插着黑色的带子，带子的头上缀着亮晶晶的金属球。

我在楼下的小运动场里认识了一个老人，我们同时坐在一处运动的器具上，她将自己的头巾拢下来，落在脖子后面，仰面朝天地欢笑着，竟然说天是怎么蓝的，寂寞是什么样子的。她使我诧异，又寻不出破绽。在早晨我有时候会故意起得很早，太阳还是金黄的样子，空气还是凉着的时候我出来走路，我看到很多的老人在那块小场子里做操，我站在他们旁边，绕着一个器具旋转。我会尽量走出姿态来，让自己走得好看，让裙角能在脚踝上扫来扫去，我总是在看我地上的影子。我忽然觉得，他们就是老下来的人，他们的身影和举过头顶的双臂都已不代表什么，大家都知道一个重大的结果，却又都心照不宣。那种沉稳与默不作声使得他们都像经历过战争又藏于世间的烈士一样。那种黑压压的沉默使人害怕。

那大朵大朵的梧桐花就在小区里继续着我的遥远，它们从树上落下来就会噗的一声，那些瓣子真是粗犷离奇又柔情浓烈，就如西方的人在神话中游走进东方的国度而看到的街市，它们的花蕊如蚂蚁一样的斑点就像女巫青睐过的，使它有了难懂的象征。如果在夜里，月光明净，又有暗香和在脚下的遍地花瓣，又合了谁说话的声音，你自然不忍再抬起脚来，只能驻足在那里，驻足在一个与你没有关系的树下，让假象就如不实际的春天一样磨耗了你的青春。

那些老人都在睡着，我却在夜里两点藏在窗台底下，抬起自已的双臂在空中独自波动着柔软地起伏，想象钢琴的声音在我空奏着的指尖响起。

有一段泉涌似的热望变成了文字，让我读给大家听：

“快乐起来吧，”夜莺大声说，“快乐起来吧，你就要得到你的红玫瑰了。我要在月光下把它用音乐造成，献出我胸膛中的鲜血把它染红。我要求你报答我的只有一件事，就是你要做一个真正的恋人，因为尽管哲学很聪明，然而爱情比她更聪明，尽管权力很伟大，可是爱情比他更伟大。火焰映红了爱情的翅膀，使他的身躯像火焰一样火红。他的嘴唇像蜜一样甜，他的气息跟乳香一样芬芳。”（摘自《王尔德童话》）

2007年1月17日星期三

## 史卡保罗集市的春天

史卡保罗集市从早上九点多开始鲜活，清水的阳光将纤尘蜕成飞蝶，越飞扬越显空气纯净。人们已经开始各行其是。一个年轻的女子在史卡保罗集市的街道上，她望着街道上的人群。她的衣衫在鲤鱼背似的凉风里翻起。

她那街道有卖杂物的老人和红着脸庞的妇女摆在摊上的粗布围巾。那些各种样式的饰品低廉又炫目，风将它们吹出叮咚的声音。还有一些木雕，透着陈年的老实。一个戴着黑边儿眼镜的年轻男孩支起画板，柔和的白纸反出的光照在他脸上，映出他的善良。

有一件红色的衣袍挂在柱前，女子走过时，一个风浪的女人正将它摘下展开裹于怀中，对面的相陪着的男子斜身望着，一脸晕染和一点坏笑于唇角泛着。风浪的女人将头发从衣领里拽出来，披散满肩，将一身粉香扑于他的鼻前。

她走过他们，在高出楼顶的地方有一只鸽子在起飞，噗噜一声想象出来的声音，配着扬着的双翅而惊动了小片空气。将眼神追随而去，它掠过一幢幢变小了的楼顶和街，正飞向不知道的地方。

人们看到她的脚尖轻轻地停止，那眼神望进一面大玻璃窗，那里有慵懒的蛋糕，上面一枚透红的浆果灼灼诱人。有几辆清亮的单车零散在门外的小块地上，那地面一尘不染，石板上印着好看的直纹。在一辆车把上插着一架小小的风火轮，粉白色的，在转在停。

她经过几位老人，他们将身体上的陈旧染于呵气里，就像得了通知才从各地赶来，默默无声地站于熟知又陌生的晴朗里。在他们不远处，有一株粗壮的法国梧桐，有个少言的少女正用有点苍白的细长手指捡起地上的紫花，兜入暗格格的裙子里。她圆圆的鞋头沾着一点泥土。哪家的一声口哨从窗里飞来，却因太远被截在途中。

女子游走流连，左右看着，将身子倒着行走，她从窄窄的巷口出来，身后的声音拢在口子上再不向前。她的面前，那广场是如何地平铺，喷泉荡湿了人的衣裳。她慢了步子如在天井中旋转着四望，她蹲下身去用手指沾起石板上的水，手指挽不起它，却又湿了她的手。有四十岁上下风华的男子，穿着大衣，肚子微微地挺着，有踩着半筒靴子的女人相随。我看到那一排排的座椅，有个小男孩在上面反跪着，还有两个女人，还有一男一女，他们撕着纸袋的瓜子，可还有一排空空如也，空得就如期望的眼光。空椅子的身后用剪子剪齐的冬青开着不易察觉的浅白色小花儿。

她转过那广场上的石柱，转过的时候石柱迷恋着她的香体，她走到一座红铜雕铸着的英国马车前，那马半扬着蹄子，头颅扬在青天，她抬头望着，伸出手去触摸篷车上的座位，坐迹清晰可见。那蹄儿挡了她向前的视线，蹄子斑驳失色，风化成粉末似的青白。有哪里传的杂响，这广场就像旋转木马的托盘。还有不远处静止的高楼，大幅的巨画从楼顶直立洗刷而下，画上的男子粗犷的胸怀就如山谷生着青青的春草。有只小虫儿从哪里飞向哪里，没有人知道它的方向。有一根绳子拴着小旗从这端扯向另一端的楼顶。

那女子赶超过一行人的前面，反过来望着他们的脸，他们有的在笑语，有的步履匆匆。他们朝她迎面走来，又给她让开了一条缝，让她留在原处。她用手指尖划动着栏杆。她脚步向着左走，向着右走。她沿着一条街向前，身后的露天电梯上站着成队的人，手扶着采购来的新物。两盆搬出来的鲜花是红色郁金香、白色马蹄莲、粉色百合花和黄色玫瑰。它们，真是无限风情。

人们看到这个女子一直在史卡保罗集市周围行走。春天的燕子已在四方响成雨点，各处的草坪绿绿茸茸。哪家的池水正在丰盈，还有黄昏正悄悄来临。

人们看到有一个女子在史卡保罗集市的周围行走，她终于在街心广场将双手捂在脸上，一浪一浪的孤独侵袭了她的双肩，是为了这满身的春天还是将要降临的爱情？是为着什么她开始哭泣？

在黄昏来临之后，集市归于安静，也再找不到她的身影。

2007年1月23日 星期二

## 阳光在身

中午急急忙忙去接他。这是五一，放三天假。在人造的绿地毯的校园里找到他，他站在一小堆男孩中，很帅气。黑蓝色的T恤和牛仔裤。上前叫他，他绵绵地笑着，几个个子比他矮小的同学帮他把书包和换洗的衣服放进我的车兜里。

在路上他一直在说刚结束的接力棒比赛。他说他们班的女生跑得太慢。看得出来，他对女生有着种族似的藐视。另外还说他们发的校服就像“小沈阳”。

回到家里翻出儿子的衣服看，不觉大笑。问说这话的人先是谁，真希望是儿子，这种观察真是一流的。儿子说，这是我们讨论出来的。

在中午做饭的时候，自己又陷入可恶的某种思考里，总不自觉地用“嗯”来回答儿子。儿子急了，问，妈妈，不是该回答的问题，你怎么总是用“嗯”啊。我说，嗯。然后他自己气得直笑，踮着一只脚让身子扭一圈，可还是折回来。

下午的时候，儿子玩猫，把猫玩急了，它吼叫了一声。儿子吓了一跳，犯了大错似的弹跳到床下，把它放到地上，用手无端地往上提着裤腰，嘴里说，它这是咋了？

你掐住它喉咙了吧？我急着问。

他说，我没有。

到了晚上，儿子要休息了。和我说，妈妈，我发现电脑方面你不如我。

我说，往往电脑方面男孩子比女的强。

你好像在数学方面也不如我。

我说，是，妈妈都忘了，而且以前也不一定学得好。

我还发现……

嗯？我好像很责怪似的制止住他，用夸张的敌视的眼睛盯着他。他就笑起来。

你们大人真虚伪。他哈哈地笑着，嗓子里像翻着快乐的气泡。

我也笑起来。

送儿子上学的时候，儿子把“小沈阳”穿在身上，白上衣，红黑相间的大格子衣领和小领带。短裤肥得像短裙，儿子又成了幼儿的样子了。穿校服的人都得有颗顺从的心，就算自己穿上是个笑话也得宽泛地接受。这是孩子们的境界。所以说孩子们善良而纯洁。

我把我的“小沈阳”送到车站。有许多的“小沈阳”也正在赶往那所学校的路上。希望这些小男子汉们在阳光下茁壮地成长。

在儿子面前越来越失色是一种默默的幸福。

2009年5月4日 星期一

## 屋门照见的烟

在写《史卡保罗集市的春天》的时候，有关于“纤尘”这个词的表述，忽然想起小时候看屋门里被阳光照见的烟。

那一情形是十分简单的，没有可说的内容，也没有人物，也没有情绪在里面，就只是它忽然地跳出来，一下子感觉出当时我在看着它的情形。

我想起在我童年的时候，那些孩子包括我都是这样易动，只是用着行动做事的，不会安静地在哪里。可，我想起屋门里的烟，想到自己出神入化的凝视，她几乎是一缕一缕将那些烟分解开看的，看它们里面存着什么破绽。

我想起那烟是很青蓝的颜色，它很浓的时候是蓝的，很薄的时候是白的，中间状态就是青的，它是从烧火的灶台里冒出来的。屋门开着，外面的阳光很亮地照进来，就像一块砖头一样齐整整地堵在屋前的地上，那阳光能够那样清晰地看见边缘，是因为屋里总是比较暗的，墙被灶火熏得有一层暗黄，屋顶是黑色的梁子椽子。地也是泥的，就只是走得发了黑亮，一个疙瘩一个疙瘩地突起来，有突就有陷，陷进去的就有小水洼似的，泛着潮气。那些烟在太阳里没有断点地转扭着身子，一个圈儿一个圈儿不停地翻滚，又像是花在开放的瞬间，还像一些小虫虫或者蛇在行走，或者仙女的飘带。它们很神奇地一层层地剥开，越来越淡，或者这一缕撞进那一缕里，超过了或者融在一起，它们的行动都是放慢了的，不急不慌的。那些烟真是神秘，就像有一些神仙藏在这一团里，它们在说话，在使用魔力。

在看着烟的时候，因为烟没有声音，所以觉得像走进了一个哑然的空间里。有点害怕，有点想用脑子去想。

那屋门的阳光就像砖头。那些青烟就像神仙。

我坐在玉米苞子编的坐墩上，面前是灶火，炉膛里正噼噼啪啪地响着，我被它们吸引，我觉得一切都成了哑音。

那屋门前照进来的光，使我现在知道，我当时是和屋子一样，没有在阳光的明亮里，我们都是暗着的东西。黑暗就像母亲一样，它是最厚道、最朴实、最隐忍、最瑰丽的，就像正殿一样大气。它能突显出别的东西的好来，所以人们老是把它作为底色。我坐在那间湿潮而又暗着的屋子里，无限安宁和不慌张。所以，才会有了眼睛看烟。

2007年1月24日 星期三

## 勇敢的心

有时候，身边的人是最不好讲述的。

记得以前在开笔会的时候，胡老师一直和我们讲有一些题目是不好写出新意的，比如我的爸爸、我的爷爷、我的妈妈之类。原因在于谁不爱自己的亲人呢？可你的亲人与别人有什么相关，他们为什么要看你家中平常的事情呢？若要写出大家都在意的文章来，实在是太难了。

可是在上个星期一，家人去森林公园玩，我坐在姐姐的车上意外地总结出一件事来，知道记录艰难，但又很想写成文字，所以一直到现在，终于开始写下来。

有一件很小很小的事是要讲的，那天下午姐姐为了学拍照，在去公园之前去了一个朋友家里，他是一个搞摄影的可以称为“家”的人。我被姐姐领着，爸爸和妈妈跟随着进到他的屋子里。那个下午我的记忆是深刻的，我看到了很有意味的一种屋内样式。音乐响着，一听便知道是音色最好的音箱。铺着木质地板，墙壁上是摄影家的获奖作品，一个圆圆的木雕筒是从南方长途跋涉运来立在房里的，摄影家虽是五十岁左右，却是留着长发的。所以，所有的这些添置与气氛使得我们马上收敛了自己，就像一个农村的孩子站于大厅内的拘束和自觉，连姐姐的声音也都是轻落落的。我们已经不约而同地认为，或者已经无法自若地快乐了，一半是尊重，一半是气氛所使。

当我们小心地看着墙壁上的画表示赞叹的时候，妈妈也已经轻悄地看完了所有的画，她已经经过允许去到不同的房间而后转回来。她双手拿起了一个窗前放着的获奖镜框，自若而快乐地朝那摄影家说，放心，我抓得紧呢，摔不了。

她的一句玩笑使得大家都轻松地笑了。

当时我就在想，妈妈为什么会这样勇敢呢？她是如何战胜自己的心理的？为什么我就被镇住了呢，还有爸爸和姐姐？

人并不是因为敢于蹦极，并不是因为多抢了一筐苹果而被称为勇敢，勇敢是能够去侵犯别人的心或者敢于维护自己的心，是在陷入困境时能够反抗。我坐在车上一直在想刚才发生的事情，妈妈是源于什么的表现呢？最后我总结出了，她具备一种我们全家人谁都没有超越的品质，她有着勇敢的心。

在我还很小刚刚记事的时候，隐约记得妈妈要去一个做纱布的厂子上班，她走的时候就会把我们锁在房间里，一个人走夜路去厂子里上班，站在丝丝缕缕的尼龙线前一个接头儿一个接头儿地系那些断开的线。或者在某个清晨把我叫醒，带我去离村子很远很远的地方找烧火做饭用的叶子。我记得我躺在平板车上，看到头顶的树梢无限度地掠过，可是目的地总是很远。妈妈只靠两只脚走啊走啊走啊。回来的时候，我仍旧躺在平板车上，躺在厚厚的豆子叶中，感觉着妈妈走路的节奏，又穿过那些遥遥无期的树梢，太阳晒着，好热好困。

妈妈在院子里种上各类蔬菜，还有各种树，养着鸡，存着鸡蛋到集市上去卖。

妈妈奋力地生活，专一得不顾一切。

有好多事情过去了，就如没有发生。如果是记录下来了，真是有点狂风暴雨似的带着心痛和战栗的东西。妈妈的经历她不讲，别人就不会知道。哪个有了年龄的人没有这样或那样别人无法知晓的经历呢？所以，只要是老人，都是应该从心底里捧着他们的影子的，他们忍耐下来的惊险，暗藏或遗忘了的艰辛是要静穆和仰望的，是要我们在他们面前悄声而不再张狂的理由。

妈妈另一件想做的事就是她想要生个儿子，那是在她三十五岁的时候。妈妈的思想确定之后，就如泰山一样不能动摇了。她并不是本身有着泰山一样的性格，妈妈一直做着最没有性格的人，在爷爷那里，爷爷给妈妈起名叫作棉瓜，由此可知妈妈的顺从了。妈妈的顺从是由于环境使然，是作为一个女人的归顺，而妈妈自身的东西，需一件件提出来摆在桌面上才会知道她是一个怎样的女子。

当妈妈的肚子实在无法隐藏的时候，她就已经不能在自家住了，她的事情被暴露了。那时候在河北，遇到了就会抓，那是坚决不让生下来的。起初我并不知道妈妈是在哪里住的，她常常不在家里，我们几个孩子有时候几乎是凄凄地等她回来给我们做饭。在一个晚上，我们睡着的时候妈妈回来了。我记得我的两腿放在炕沿上，整个屋子都有点潮湿的样子，妈妈蹲在炕下面用手摸着我的脚，她告诉我们，她晚上就在玉米地里。我们只是听着，觉得奇怪，却还不懂生出其他的情绪。她告诉我们，村里人见了会抓她走的。明天会有人来接我们，把我和妹妹接到四姨家住，姐姐先在大伯家住几天。然后妈妈就又逃进夜色里了。

妈妈是为了要弟弟，一个女人，怀着身孕，黑漆漆地蹲在庄稼地里的，她会悄悄地意外地抹泪吗？还是只顾着警惕着一刻不放松的样子呢？她有没有因着腹里的孩子觉得饿或者渴呢，有没有因着肿起的脚或者风声或者遥远的男人而像一个女人一样想要依靠呢？想起妈妈现在的平静，她渐渐苍老的身体在家里拿着布子擦来擦去的样子就会心痛了，心痛是在于她的平静，岁月竟可以将自己的孤独掩埋。妈妈从来不说孤独，妈妈年轻的时候不孤独吗？妈妈的孤独是掺杂在忙碌的行为里的。

（在我打字的时候，妈妈在外面的房间看着电视，在换着台。）

很快，我们的家被大队封住了门，我们在那里平平静静生活的村庄永远地拒绝了我们。妈妈因逃避别人而在我们身边不见了，我们就像一群小雀四处张望，被这个拽一下，那个拉一下地过了一些没头没脑的日子。

我们从河北来到山西就是因着这个变故的。它几乎是突变，爸爸急匆匆地坐火车赶到姥姥家去接我们。妈妈挺着巨大的身子，拉着我们的小手，凄惶着眼神张望爸爸，不安地走在未来的恐惧里。

我们坐在一辆拖拉机上去县城坐车，小小的斗儿上载着我们全家人还有几件被褥，姐姐被丢在姥姥家上学。我们在途中险些出事，车轮掉到坡下。我们所有的家当都在那小小的车斗里。

这是我们家中一个命运性的转折期。

在秋天的某个晚上，我的弟弟在山西租来的一个农家院子里出生了。

我记得在大山里住的时候，我就如一只原野里的狒狒，蹲在坡上，风虽小却是坚硬的，我的脖子拔得长长的，张望着坡下的爸爸和妈妈，他们是去找工作的，给妈妈找工作。我还记得当时妈妈的身影要比现在瘦很多，她并排走在爸爸的身边，很是有着力量和不加思考的直接。妈妈年轻时走路的样子我是一直记着的，不像姐姐也不像妹妹，它有使得我怀念的美。我当时很担心对方会不会愿意让妈妈工作，我根本不知道工作是用什么样的准则来录用的，那是一件神秘而不好做到的事。妈妈在山西的第一份工作是打扫走廊，后来才开始做阿姨，做老师。

妈妈的脑子是从来没有停止思考的，她因着听说有一线希望可以将户口迁至山西而费尽心机，她不停地催促着父亲去找人来办。她在思考的时候总是像不思考的样子，她总是将一件本来复杂的事情用简单的思路说，又因为没有说服力而遭到爸爸的否定。直到后来她老了，当她说话的时候，我们家人也是要常常大笑起来的，妈妈站定在某处无计可施地批评我和姐姐，说我们喜欢嘲笑人，于是我们就会更加大笑。妈妈在表达重大思想的时候是会分开篇章说的，她不会就着一个话题深究不止，她会偶尔说一部分，或在某时候又说一些想法。当她遇到急于让对方知道的想法时，她的激动和紧张都是可以看出来的，她会高声说话，脖颈会专意地直起来，下额轻轻地收着，嘴唇都在隐藏着哆嗦，身子都是正正的，好像这些话是提前背好了的，她是多么急切地希望别人听她的呀。要不，咱找找咱大哥哥吧。妈妈和爸爸说，要不，去山上采回酸刺给老王送点吧，山底下又没有这东西，也许人家稀罕。于是爸爸就在冰天雪地里将沙棘折了回来，用剪子剪掉刺，整整齐齐地摆了一纸箱，专门坐了车送到能给办事的老王家。

过程不知道是怎样发展的，但我们不再做狒狒了，我们搬下了山，住进了楼房。妈妈就说，哼，如何如何了。她的得意只换来爸爸略微认可的笑，说，你得得得。

前些日子，妈妈有了一些看似充足的理由要拉着爸爸去照婚纱照，说那里在搞活动，照七张十寸的才花一块钱。爸爸又浑浑然地跟去了。在这之前，妈妈在我们的印象里从来没有表现过女性的东西。

你不觉得妈妈穿上婚纱是一种勇敢吗？她在实现着一个又一个自己的愿望。

妈妈因着她的力量而使人想要拥抱她。

她传递给我们的是永远不息的生命之力。

2006年12月26日星期二

## 谁的电影

曾在一篇文章里写过对自己腿的一些计划。可是那些传统的治疗方法已使我绝望，比如针灸、按摩、喝各类恶心的偏方及中药。后来我就进入一种超现实的状态来寻找我的治疗之路，这种创作态的治疗方法描述出来就像在编撰一部惊悚电影。

我曾想盗用别人的腿安装在自己的腿上，这是最简单粗暴的一种方法。这个想法我曾用了好几个夜晚去计划，首先面临的问题就是，用谁的腿——应该用女人的腿而不是男人的。男人的腿太粗壮，当然粗壮一些也无防，只是担心太不协调，看上去太古怪。那么我确定下来要用女人的腿。当然这中间还想到关于那双腿的年龄问题，比如说，若是它已经五十岁了，我是否会拿来用？当这些都是很快能解决了的问题，我继续往下想的就是，应该从哪个部位开始换。

应该是大腿根部吧。但，好像我的病从腰部就开始了。那么从腰部换？我有点不好接受，也就是，我要通过别人的器官来排泄自己的杂物吗？我要天天用纸去擦别人的屁股，我怎能一生成了它的奴隶呢。

我的设想在进程中遇到了问题。

我躺在床上继续苦想，当时姐姐和妹妹与我是一张床，房子里很黑，大家都在睡着。那是一间民房，里间睡着父母和弟弟，大柜子的另一侧睡着哥哥。我们姐妹和哥哥只隔着一张很大的书柜。那时候大概是晚上一点钟了，呼吸声四面传来。

那么再往后退一步，我们可以重新设想，索性把自己的头锯掉，全部安在另一个女体上，既然换了就可以更彻底一些，找一个肢体美丽的女人。当时我又恍惚起来，这究竟哪一部分是我呢？我要留下的是我的头，还是我的身体。我要将全部身体都丢掉吗？但头是多小的一部分啊，而身体却真正是存在的意义。并且我的身体不好吗？我觉得它没什么不好，并且可怜兮兮。

我的头会不会觉得没有家了？

是我的头要统领一副陌生的身体吗？还是我的头遗失在别人的身体上？

我觉得害怕起来，我觉得我当时快要哭了，我为那一幕感到伤心。我感觉到了那种慌张和孤独，没有身体的头的孤独。我想停止下来，却无法挥掉我所设计出来的世界，我看到自己的头和身体分离着，头滚在一边，身体却并不知道，我抱着我的肢体却找不到应该把它们埋到哪里。土地那么凉，又有小虫子。我把它们装进塑料袋子，可以隔菌的那种，然后用土埋掉。但其实肢体里的水也会使自己腐烂。

那么就用火烧好了。它们不会生菌，但我又无法想象它们在烤焦的时候那种惨状，有油吱吱地冒出来，皮肤瞬间泛出白色的泡。我在目睹自己把自己烧掉的全部过程。

还是只锯掉我的腿吧，只用别人的腿好了。

我于是抱着哪怕失败的可能还是决定只换腿。

完成了这个确定之后，我便又在解决另一个问题，谁的腿可以供我用呢。若我用了她的腿，她又该如何生活？虽然我想到，我盗腿的方法可能不会使她疼，在她睡着的时候，用一种咒语就可以得到，比如请一个魔法师或者女鬼来帮我锯掉她们的腿，又没有痛感。但她们该怎么办呢？

最后我又想到，监狱里的女犯应该是可以的，也许她很快就会被处决，死之前我可以将她们的腿拿来用。并且我会在她们活着的时候百倍地对她们好，来迁就自己的自责。

但我还是遗憾着。我的腿是一双有罪过的腿，也许这个人的思想很邪恶，她杀过人或者将年老的人掐着脖灌进水里。我想我在睡觉的时候会厌弃自己的腿，因为会有一些黑色的雾气还在她的腿里沾着。我只想在走路的时候用它，在睡着的时候将它卸下来。

而我自己真正的腿却还在地里埋着，不能去烧，因为就算我的腿没有了自己的头做感知处理，但它一定还是疼的。但问题是，无论下多大的雨，或者天气多么闷热，它们都会无辜地忍受着漫长的死亡的煎熬。而且，它们生病并不是它们的错，而是我犯了错，我没有照顾好它们，使它们受了连累。如今它们在承受着我犯下的错误，它们病痛着，我却要扔了它们。

它们的模样变得难看其实是因为我，它们多可怜，因为病使它们得不到营养和力量，因而它们不得已才放下自己的责任。这并不是它们想要做的。

其实我应该更疼它们，应该甚于对别处的疼。它们为我受了难。

当然，这个想法是在我二十岁的时候才又想过来的，之后我竟开始瞅着它们慢慢地说话，我会说，你们好，我的朋友或孩子，你们受苦了。当然它们照常没有力量，也不给我回应。

那次要换腿的计划并没有继续下去。因为虽然我小，但我仍能觉得别人的不是我的，我的心无法排除那种伤感和逃离它们的愿望。我喜欢我的腿，它们使我亲切并心疼，若不留在我身边，我要将它们丢在哪里呢？

而那些被我偷走腿或者割了腰的女人们就躺在我阴暗的想象的世界里，东一个西一个，就像我败下场的残局让我无法收拾，我自责难过，不知如何安顿她们。

当我的计划无法实施时，我知道我对于自己能够行走无望了，我想到，我此生完了。我不可能再行走了。我要带着我的腿永远拄着拐杖走下去。我悲从中来，连喘气都不能平静了。我躺在姐姐和妹妹中间悄悄地哭起来。

我知道她们睡得很香，她们从来没有过像我这样的思考。而对于我，整个童年都是在这种想象和裁决中一天天地度过的。因而，我知道我的孤独此生不可能让她们知道，甚至会因我的一连串细小的举动而引起她们的嘲笑。她们不是我。我无法说清那种不同。

当天快亮的时候我也沉沉地睡着了，因为我也是一个孩子，常常事情过去又会傻傻地睡。只是醒来吃早饭的时候，家人都看到我的眼睛肿了。

2009年7月27日 星期一

## 一岁一“苦”荣

我一直在想这个问题，为什么文字里总是有姐姐却没有妹妹呢？姐姐的脑子里总是有一些疑惑，或者快乐，或者害羞，她有时候就像茫然失措的孩子，我常常看到她被丢弃在世界上的惶惶然，所以，总是要去思考她。可是妹妹不同，她是确定的，她对生活的确定使我无从下手，她除了炽热，并没有很多的杂想空念，这样的人我不知道还要担心她什么。就像父母对待自己的孩子，哪个有问题才会常惦记着，如果一切安好，就会放置不理了。

我的妹妹是那种可以放置不理的人。或者反过来说，她是帮我们处理问题的人。

妹妹在中学的时候并没有显示出太出色的美貌，但是二十五六岁的时候忽然出色起来。她结了婚之后也并没有因此而失色，一直保持细瘦的身材，又总换着花样地穿衣服，总是穿得时尚，又尽最大努力不花很多的钱，但又可以以假乱真。妹妹的用心打扮大约有两个原因：一是当然希望自己好看，被众人喜欢；二是多半因为她的老公吧，妹妹是希望能在老公面前一直年轻着。“不许老，至少不能比他老。”妹妹大概这样想。

我要说妹妹什么呢？一个心底最炽热的人，她比我们姐妹要热烈得多，那种心就如豆腐一样软得不成型。可是她的性子直而且硬，她的说话方式总是存在着问题，并不是不会说话，而是从来懒于用技巧，“懒于”也正好说明了性格。这些年还好了些，几乎看不出那种个性来了，已经慢慢开始体谅别人，接受话语的过程了。妹妹成了家里最懂事的孩子。

妹妹把心思全都放在身边的生活上了，我和姐姐都在惊叹她的智慧，那是谁教会她的？她看起来是一个自我的人，抬着头，朝着老公指挥着。可一个人的时候要自己下到地下室搬弄着满面尘灰的东西，瘦干的手拨弄着，全身倾注的样子让人心疼，她是不忍心让他老公真的受累的。妹妹才是一个付出自己的人，只是给人的假象仿佛是自我。而我们不同，是在让别人付出，而自己又好像没有得到什么样的无辜。所以众多方面我们是相反的。

如果将妹妹形象化了，她一定是一块布子，要用剪子都剪开了，这里贴一块儿，那里贴一块儿，妹妹自己整个人都埋没在了生活里。她会想着谁的生日，谁的心情，谁的经济，谁那里有一段时间没有看望了。她会为了让老公学会一首歌不至于在歌厅出丑，就自己天天唱一首适宜老公唱的歌，在家里可以哼唱上半个月。她为了孩子自己也像孩子一样噘着嘴跷着手指说，离离原上草草草草……一岁一枯荣荣荣荣……，她在给孩子配尾音。实际在我看来，这句诗可以用在妹妹自己身上，一岁一“苦”荣。苦是“繁华”的基础，是“华”的理由，因而，一直在犹豫题目是定成“苦荣”还是“华荣”的问题。妹妹用自己小小的力量一点一点地使家庭更加兴荣起来。

我在忻州上过一段时间的大学课程，妹妹去看我。晚上睡着觉，她就把脚一直放在我脚上，因为家里太冷，我的脚很缺温度，她在让我取暖。在第二天，妹妹的耳朵都被冻伤了。她跟着我受罪，她却把自己当成我的姐姐。

我很心疼妹妹受伤，妹妹如果受伤，就真的会像小女孩儿一样，不言语，并且独自难过，她的脸会泛黄，手指会更瘦。幸好妹妹一直因着自己的热量没有真正受过伤，而不像我，表面温润内心却风雨不绝，反倒一副男人的脸孔。若是妹妹受了伤，谁都会心疼，因为她只是真正地在伤，不像我，都能用孤独或悲怆之类讨厌的规定下来的词来形容。

妹妹受伤一定是本真的，就像蚕一样，一触就会疼，会疼得哆嗦，无以形容。

我是一个不懂向外释放热量的人，好像自己心理就不具备这样的能力，但每每想起妹妹来，还是以姐姐的心思疼她，我要她一直这样智慧地生活下去，做一个具体而自傲的小女人。要妹妹总是迈着笔直的腿，戴着时尚而价格适宜的帽子过她心有希望又平实的生活。她会给我们整个家庭带来一个正确并且标明身份的招牌——我们是这样一个家庭，务实地生活着。她装点了我们的生活。

我以后还是会很少写妹妹，看她的眼神不在纸上。

看她翘首弄姿的模样，反过来讲，妹妹才是一个小达人。

2007年4月23日星期一

## 描写一只盛水的杯子

杯子里装了水放在桌前的时候，感觉很悲楚，这情绪不知从何而生。杯子是透明的，直上直下，水是透明的，装在里面，它们是一种颜色，它们这样简单。

觉得就像一种约定一样，如果没有水，杯子就是死亡的。杯子若是没了，水就不是它自己了。可它们在一起又像誓言一样辛酸，就算无声，也隐不住契约。

我把它放在桌前，忽然觉得就像有一出剧情正在上演，我望了又望，望了又望。

刚刚火车从远方开来了，在路过的时候震动了我的楼面，房子总是这样晃起来，我在还没睡着的时候总误以为自己在晕眩。

水在晃，微微的，杯子使它起波，让它不跌倒，它只觉得晕眩。我觉得一切都很精致，一切都很宿命。

忽然有些想要想的事，却又漫在脑子里挑不出来，一定是在哪里，或在哪里，很近的距离间，或者很远的距离间，有两种东西正在一唱一和着。它昂起头来，你正在低望，它环过胳膊，你正要怀抱。一定一定都是这样，你还怎么可以随意拆分什么呢？动了这里，不知处的地方却在悲着心。

我饮了一口水，杯里的水少了，再饮一口，又少了。这样下去，杯子就死了。

2007年4月24日星期二

## 光

阳光在院子里画地格儿玩，就像调皮的人。院墙的影子投在院里，转动着，这里明那里暗。暗的地方瞅着明的地方，明的地方瞅着暗的地方。那些物什有了情绪，有的在推，有的在盼，有的在睡，有的在醒。院子就在游戏里天天生动着。地上的沙子凉了又热，象棋被晒得正在红绿不分。树桩抽出了叶子，它被引诱，起了生的欲望。摩托车上一直搭着布子，一是防雨，二是防光，可是我坐在摩托上，满足于阳光对我的打量。

明媚的明媚，剥落的剥落，仅光就让院子变幻多端了。若再加上风，加上雨，加上晨雾晚霜，加上人为，加上自己的年岁，你说说看，有什么可以一成不变？

捂住脸，却什么也留不下来。

2007年4月28日 星期六

## 剧场

那场特殊的培训更像是人为制造的剧场，鲜见的事都聚在一起，特意地，加剧地、略显做作和窄小地表现出来。培训的题目叫“人生之旅”。参加这个活动需要大笔的费用，为期三个月。我很困窘，只是为了找份工作才去到那家公司。我于是认识了那期培训的十七个人，加上我十八个，他们都交了费，只是因为我是内部员工，所以免交。他们几乎都有自己的车、事业。我们闷在一间大房子里，灯光打下来，突兀出每个人的脸。我们围坐成一圈，脚下是地毯，随时可能会坐在地上进行某些攀谈。老师是从港台请来的，先后有三位，他们要让你知道自己是什么样子。

我们总是每夜两三点才上完课。这个城市安静下来，灯很亮，街上没有几辆车前行。我坐着一个叫飞儿的男子的捷达车回家，他的车是这个班里最便宜的。我们总是默不作声，停留在课程对自己的打击上。他说他有个妹妹在十九岁的时候离家出走了。他说他内心隐藏最深的是对父母的仇恨，他们没有提前看到妹妹的心事。

我曾和这个班里比我大一岁的女人面面相对，有人大声地问她：你想要什么？

家庭，家庭！她说，什么都不重要，只是家庭。她哭得泣不成声。

她是一个化妆很浓的女人，略胖。她有豪华的汽车和两个铁厂。我看见她在歌厅里愉快地唱歌跳舞。她喜欢尖叫，在激动的时候会把我抱起来，举过她的头顶。她看起来并不陈腐，简单而任性。她喝了些酒，在回去的路上她一定要驾车。她把音乐放到最大，在驾驶座上她使劲地摇动着身体，手有节奏地打着响指。巷子有点窄，车速很快，对面的车猛然地拐弯。她也急拐。我们在车后大叫着，她在音乐里尖叫，继续着她的节奏。

我们还围坐在一张很大的餐桌前吃饭，一个单身的傻女人与男士拼白酒，脸色通红。她喜欢站着的时候手放在兜里，身体向前，脚尖一点一点的，她说，很想很想很想，找一个人握着她的手。她用了很多的“很想”。可是失败使她已经刚愎自用到不好收场。

那段时间我很寂寞。我看不到可以和谁说话。因为他们都寂寞在自己的世界里，扩张在自己的自恋里。他们对谁都关心又对谁都不屑。他们直面你的过失，而后，打量和试图理解。也许我根本也没有想与谁交流，就如他们。

我是一个犯了错误的人，可是我不哭，他们时常在一连串的逼问下落泪。所以他们说，我是一个不可救药的人，他们要看到我的眼泪。他们把我箍在场子里，所有的眼睛都注视着我，让我交代我内心的苦难。我只是微笑，不接应他们的眼神。

他们让我穿超短裙。从我生病后我已不能穿短裙了。他们说让我看到真实。

我站在那里，地毯是绿的，灯光就像舞台上的，一律照着我的脸。他们说，如果你不哭就不会让你下台。那一时刻，大概他们很爱我。

他们推搡着我：难道你不仇恨病魔吗？！

他们从我手里夺过我的拐杖，把它扔到门的外面去。

他们还说，你了解你的爱人吗？他了解你吗？他们试图找到我的软肋，让我意志的堤坝崩溃。

我那段日子是一只瘦鸟，被他们的车带着去到这里或那里。我只是跟随，并没有什么耀眼，觉得无辜和受惊扰，放在哪里就是哪里，我一点也不想再动。

我们几个人一起去吃牛排，吃六十八元一张的饼子，吃沙拉，喝熬制的乳鸽汤。

我和他们一起去喝茶，前后九辆车在南城转弯，塞挤着那几条公路，后面的一辆看着前面的一辆，在那个下午，懒散，颓废，又偶尔高贵地寻找着茶社。我们零落地挤在一间房里，要了碧螺春，然后说茶色不好，又换了铁观音。大家吃着水果，说些成年却又相对文明的话，比如和美女坐着就是好之类的。我总是找不到要和他们说什么。坐在一角，故意露出随意的笑，手里翻着时尚杂志。

喝着茶他们开始打牌，他们大声地笑着，笑声就像洒了发酵剂，有点不自由成长的气味。我没有钱与他们玩，也没有家庭和背后老公所给予的支撑感，更不能融入他们俏皮的漫谈中。我先离开了那间茶社，去到路上打车回家。可我还是因为失群而失落，我在车上发信息给某个人说，又到黄昏了。

那天他们的逼问持续了三个多小时，我为浪费了大家的时间很自责。我其实厌恶这种交代。我一点都不想讲到自己。

我说：我在这个城市没有床，就睡在大桌子上。我说，我总是和满家的男人一起开会，我觉得光荣又无聊。我说，有一段时间我总是在火车上，清晨醒来看到蒙蒙的黎明。我爱上了一个人。

我四周静落落的，他们匪夷所思地看着我。这就像一个人穿着单薄的衣裳站立于深秋里。那种画面我曾经总是画，拿一张白纸，用铅笔画一些轮廓出来，要画出头发和裙角，要画出风经过的痕迹，她低着头，没有模样。

我身体有病史，我的故事与我的身份不相符。我总担心手机欠费，他们开着自己的车在城市游荡。他们在用自己的资产分割来说事，而我却在用整个身体。所以，我看起来很愚蠢，很贫穷，以至他们有目共睹地知道我在流浪。

他们总是聚会，他们觉得又认识了一圈朋友路子会宽些，他们在丰盛的餐桌前发现十八个人里总有一个缺席。他们会记着我的名字和我的模样。

我在这个城市没有床，就睡在大桌子上。我总是和满家的男人一起开会，我觉得光荣和无聊。有一段时间我总是在火车上，清晨醒来看到蒙蒙的黎明。我爱上了一个人。

我从没有否定他们，人的成功一定是建立在失败之上，每个人都是大将，坚强并深情。但我去仰望他们，却又觉得那不是我的方向。我是一只瘦鸟，想飞，想越过树林，不做事。

2009年4月29日星期三

# 第三章

## 哲理视觉——深蓝是一种格调

你看见我眼睛上涂着鱼鳞闪烁的黛色，站在钢化玻璃窗的大厦顶上，脚底的水晶鞋有着冰刀的锐利。别怪我不声不响，深蓝的呼吸是一袭致命的气质。你是否会喜欢?

## 里面外面

上了很大的坡，感觉车子要倾斜了，最后进了小区的院子，寻到那棵小小的柏树停下来。在进楼门的高高的台阶上，两个五六岁小姑娘正在对话，一个嫩嫩地说，什么叫作幼稚啊？

另一个蹲着说，就是要做的事情做不好。

我想参与她们的议论，边锁车边朝她们说，你们想知道幼稚的意思吗？让我告诉你们好吗？

两个小女孩儿都朝向我，一个比较有勇气地说，好。

我离开车，边走向台阶，用手去抓冷冷的铁扶手。幼稚就是因为想法有点简单容易，所以没把事做好。我看着她们的表现。

她们看着我，好像这话像棉花一样虚浮，一点都触动不了她们，哪怕就算是一缕柳絮在水面上一沾也好。那一刻我和她们都很失望。

忽然觉得这个词并不好解释，我继续吃力并且不放弃地说，幼稚就是天真，不实际地想事，就是……我在说的过程中放弃了能使她们明白的愿望。

两个小女孩儿认真看着我，开始对我失去兴趣。大楼不远处，几个同她们年龄相仿的小男孩儿见我意外地参与，也聚过来，他们觉得新奇，一双双眼睛瞅着我。我望着眼里满是疑惑的小女孩儿说，你们怎么想到幼稚这词?

一个女孩儿掰着手指费力地说，我们想做老师和同学。

我觉得在我们之间流淌着一种孤独，欲哭的孤独。那两个小女孩儿，我，还有台阶下张望着的几个小男孩儿。孤独就像我们之间的风，把我们阻隔和包围。

我说，就是说，你们想玩过家家对吗？想演老师，还有同学，然后有人说你们幼稚是吗?

两个小女孩儿相继点了下头。

我故意用宽容的笑来表达对这件事的无所谓，我说，你们不要去想这个词，你们想演什么就演什么，因为你们小，所以这个词不要去想，等长大了这个词才起作用。

我觉得这次交谈我所说的每一句话都很失败。她们仍旧是听不懂。

我慢慢走上了台阶，一个小女孩儿蹲着将小脚往旁边靠，给我让开路。

在这事上，我只做了打扰她们的角色，我感到歉意并心虚。我还能做什么呢？我想到，至少我应该给她们一个好心情，所以，我有意夸张着欣喜的表情，让她们觉得我是一个可亲的人，然后自己尴尬地闪走。

2008年10月24日 星期五

## 一对老夫妻

他们决定去看住进新家的女儿。大约有一段路需要走。他们是一对老了的夫妻。

那个清晨他们不约而同地起床，并不说着要去哪里，因为心里都彼此默认。他们比较简洁地吃过了饭，用小罐子、塑料袋之类的东西拿了自己做好的鱼、馒头片、包子等，两个人各背着一只布包，换上能出门的衣裳，开始下楼。

男人是女人的男人，所以他要推着自行车，女人是男人的女人，所以要跟在旁边。他们推着车上了略微倾斜的坡，路上有一些行走的人，还有卖食品的小贩。

很快他们就走出人流，进入野外。他们要沿着那条公路一直走许多路，才能抵达。这是个早春，早春就如初冬，风比较冷，太阳又亮亮地照着，有时让人拿捏不住这算是什么气候。男人隐约觉得有点热，女人却觉得可能有点冷。两人商量着到底是冷还是热。男人一直推着车子，他感觉在无辜地受着累，抱怨女人为什么偏要推着它。女人说，万一用得着呢。他们老了，都上不了车子。车子只成了一种摆设，只为了放心。

他们一门心思地走路，走得坚定而直接，他们要奔赴某件事，所以从来不像年轻人一样拖沓而懒散。但女人照样也会瞅着四周发出某种不值得赞美的赞美，比如说，看，这里以后再盖了楼就好了，或者说，看，那座房子是干什么的，院子真大呀。往往一个新的话题都是女人先提出来，男人跟在其后被动地带入。他们上着坡，偶尔零星地议论着，一起瞅向某个方向，或者在身后来了车之前女人说，往边了靠往边了靠地嘱咐男人。

他们身影一路前后相随，相互联系又相互躲让，就如对方不存在，把对方当成潜移默化的影子，就如自己不存在，只是跟着对方存在。

有很长一段路他们几乎是在荒野里，只是一些车辆要来往地奔走。他们在巨大的车影里小心地靠着最窄的路边儿，影子略显笨拙并且短浅。那旧旧的自行车轮沾着一点红锈，材质较软。庄稼远远还没有开始生根，四处只是农家的荒地。

在他们年轻的时候，大概出行走亲都是这样，女人一定想到了，并且滋生出某种美好的情绪，但男人没有，他只是被外界刺激着，鲜活地各处张望，一副欣欣然的表情。女人很想告诉男人他们年轻的时候总是这样走的，却又不想在没有找到适合的话茬时说出这句话。

从女儿的家离开的时候，女人忽然拽着男人的袖子，用手抠着，抱怨说上面沾上了什么东西。那动作的自如，就像袖子在自己胳膊上。男人也顺着她抠，也就像那是她的袖子。

所谓的舒适其实就是不易察觉的。幸福也是如此。欣慰于他们的互存，他们是一对。

想象出来的激越，那大概不是一种日常。能察觉到的存在必然是一种分裂，严重了就是疼痛。

但人大概都有一种自虐的倾向，这样世界才会有是是非非层出不穷地生出来。因为，人总想印证自己，好像需要某种疼痛。没有感觉，久了就会慌。所以，有的人离开温暖开始流浪。

让我说什么好呢。

2009年2月24日 星期二

## 寻狗启事

门口贴着一张显眼的启事，字迹工整：

2008年10月5日，我将一只京巴狗免费送给路人。所送的地址是中涧河派出所旁边的金虎超市附近，后因为孩子十分想念很伤心，现寻找那位好心人能够归还。在此致谢，事成后必有答谢。

每人走到此处，都会停下脚扬脸观望。因为它夹裹了情绪，所以引人注意。由此可知，人不管在何种情况下，只要一透露软弱就会获得同情。但恰恰相反的是，虽然这样的道理谁都知道，人们却都紧紧地抱紧自己，不许外人看到自己心的软弱。

这是什么？ 我想一、二、三的答案都是自尊。

自尊是个什么东西，我想到一种莫名的解释。正如最根本的东西是不能说的，比如命运，比如死亡。我们不能轻易拿出来示人，所以，它成了没有理由的，靠感知而永存的真正矜持。

2009年2月28日 星期六

## 表现

如果是小说，可以这样描述：

在四月的春天，在他们都还年轻的时候，他俩是彼此并不熟悉的人。他们总是会在车站旁遇到。她因为他的一些古怪行为感到不解，比如他见到她时他总是要捂着胸口，他会一直捂着，就像得了虚咳。这使她觉得他看上去使人扫兴。她问他是不是因为没有吃早饭，他只干涩地摇着头，嘴唇有点白。他说，一看到你就需要用手捂着心。

“一看到你”和“捂着心”这两件事放在一起她只觉得不能理解，它们有什么关联，实在是荒诞，这就像周星驰的电影里才会有这样搞笑的表达，或者是蹩脚的小说。

后来他们有了一个共同的家，后来又重新各自生活。

两个人的世界往往会有这样奇怪的事情，一个人对另一个人总是迟钝。因迟钝而造就冷酷。他的冷暖悲喜总是一个人上演，而后又一个人落幕。站在他身边的另一方却始终在一片鸿蒙里浑然不知。

2009年2月5日 星期四

## 依托

我同她一起在某个园子和野外玩。有很多次她将自己的手机放出音乐，那些曲子也并不是好听到哪里去，甚至风把它吹得时断时续。她将手机挂在脖子上，或者放在外面的衣兜里，让音乐声能直爽地传出来，占据着她的耳鼓。

在她的车里可以放出音质更好的音乐，可是就算这短暂的时间她都开着手机里的音乐，任是走在草地上，还是在台阶上坐着。我想到我也曾这样度过一节又一节的片段，那是因为害怕在任何一个间歇感觉到安静，安静会使巨大的孤独感就像水一样漫过你的躯体。所以，我选择开着音乐。或者在一个下午，让它一直不停地播放，甚至你都睡着了，那点可怜的电量也毫不吝惜地耗下去。而那种孤独往往来源于某个背影，或与孤独混杂不清的诸多感受，如想念、担心、不知所措。

她无事一样地走着，她指着湖水，手里捧着一架相机，她用身体里的力量迫使自己说出的话能饶有兴致，她说咱们去桥那边看看。风吹动汪汪的湖水。

手机里的音乐是寻找到的一种依托，将它混在耳边只是想打扰自己，打乱思想里那种井然有序的思想逻辑，跳出来，让自己飘散。

谁没有自己的心事呢，所以站在旁边的人即便知道也装不懂，任她听音乐，任她手指湖水说“去桥那边看看”。

2009年2月28日 星期六

## 光阴

我坐在这间房里，三楼，是浮在半空的空中。如果天是一种分界的话，那就是在这一时段我总沐在天黑天亮里。我觉得很宁静，不去想太阳在窗前移转的距离。我已不再珍惜年龄，不等谁回来。

我觉得这才是一种对自己朴素的交代，我从来没有认为这样是延误青春。我一直浸泡在自己旺盛的气息里，手指若兰，长歌曼舞。甚至我都不想长歌，不想曼舞，我只想用心而小心地拆分开所有麻醉胸怀的情绪，让自己一节一节缓慢地进行，要看到动作中的每一处启动。所以音乐是不可以有的，它是一种不负责任的流逝。因为我不胆怯，所以敢于一个人在浅滩行走，不放迷幻的彩花，也不添加渲染的音乐，一切稚嫩得就像这一秒才第一次露在空气中的皮肤。

四周都生满兰花儿呢，花影浅散，绿意疏放，我都只是一个环境，怕不完美所以不敢露出形体。

我想我在这间房里异化成了别的，比如是一段温润的气。

当然有时候也需要收回来，有了阻碍才觉得有情趣，所以自己又是得再现的，得充满了不完美，从脸到衣着到双腿和脚趾。我的样子应该这样可怜兮兮，每日每夜只有两个内容，或睡，或没睡。总之，我已不在乎光阴了，无论如何就由它老去吧。

我想到很多人，他们都觉得很不完美，也还是这样一辈子下来了，也没有看到谁会愤懑地站在塔顶来喧嚣，用一声吼啸震得所有人耳朵淌血。为什么要不平静呢，有点曲折的生活才不让人一生失望。

开始吃东西，花生、葡萄干、火腿、茶叶、咖啡、口香糖、巧克力。在电脑前，这种没有制约和条例的生活也很好，悄然地，细密地，花色很全。

刚才记得只喝了半桶塑料里装的咖啡，过了不到十分钟却不知道那半桶放到哪里了。我好一阵找。抽屉里、桌面上、窗台上、垃圾桶里，还有自己的衣服里。可是它到哪里去了。我疑惑，努力地想而又想，觉得这是一件奇幻的事情。怎么会在我思考的时候不翼而飞！我站起来，甚至清楚自己刚才在没有离开原地的情形下沿路找到洗手间里，这真是一次额外的路程。又奇异又不解，一切一目了然，打字，喝咖啡，竟然脑子会这样失去记忆！

一个人时会发生很多的事情，那就像个人传记中流浪记或历险记，鲁滨逊是在孤岛上还是在船上呢，等他再过一段时间也会弄不清。怎么想怎么古怪。可刚才我拉开抽屉，那半桶咖啡又重新躺在你最显眼的地方，找到了。奇怪又一次生出来，眼睛刚才在想什么，看到了就如没看到？

自己古怪得就像揪扯不清的人生。

光阴也可以是这样子度过的，我觉得我这样才最为完整。可以一个人不声响地、很纳闷地在房里翻找。

2006年2月6日 星期一

## 结果

谷子：在写作？

我：在写。

我：你呢？

谷子：喝酒。

我：像是愈合的过程吧。

谷子：敢说你在此之外？

2009年2月3日 星期二

## 奇遇

因为某种原因，我匆匆地逃到楼上。这是一个旋转式的旧楼，前后有四户人家，窗外在下着雨，楼道里堆放着纸箱。我不能这样傻站着，此时我觉得需要房屋的庇护。我去敲门，进到一个陌生女人的家里，女人大概不到五十岁，肥胖的身体，肚子大得就像怀了孕，她的眼圈发着青，下颚也很长，她坐在窄小房间里打着一件深灰色的毛裤。电视开着，在播放着《士兵突击》。我敲开她的门，因心慌，盲目地叫着她阿姨，叫完阿姨便有些后悔，蠢！不如叫大姐。姨，我找的那户人家一直没有人，外面在下雨，我可以进去等一会儿吗？她疑惑地问：是哪家？我随意指着一家说，那家。

我坐在她床上，同她一起看电视。

窗外是一个哑然的天空，大概因为是七楼，所以听不到落地的雨声。我们就这样将近坐了一个小时，我们彼此都不说话，她只低头打她的毛衣，并不问我许多。我也很害怕她和我说话，致使我要说些不情愿的谎话。后来我离开了她的房子，一直表示感谢，并在她要关门时我抢着说，其实我应该叫你大姐。这话来得牵强，可我坐在房里一直在惦记着想纠正它。

在我下楼的时候，一个清扫女工站在四层楼梯的窗前，两手扒着窗沿往楼心中央狭小的天井里望，好像是在想自己的心事。天井面对的窗户离这边不到三米。

我唱着歌下着台阶。那楼道很暗也很潮。为什么要唱歌？并不是因为想唱。它就像电影，有些险境总在平淡中进行。

路上忽然意外地发现一地黄叶，它们被雨水洗得冷艳耀眼，并铺展出一种遥远。那是些银杏树的叶子。我穿着一件黄色雨披，就如一只企鹅露着一张秃秃的脸，终于我如同别人一样接受这样怪异的打扮。

当时我记得是这样想的：我像一只失群的羊，扰乱了别人，自己还得出来。

人生如一场荒谬的梦。不知道什么时候会把你扔到什么地方去。

2006年2月6日星期一

## 同居者

昨天晚上忽然看到一只虫子在我的地板上匆匆地逃走。它迅速地爬过门口，藏在去洗手间的地垫儿上。我赶过去，用拐杖笃打着地垫儿，它就又跑出来，顺着墙根跑到鞋柜的附近，我用拐杖去拦它，它被翻了个跟头，但它丝毫没有迟疑继续往里钻。在那时候我看到它长的样子，它满身的腿，身子是长形的，长满花斑，身体缥缈得就如鬼魅，动作慌促得就像一阵风，着实让人看了眼晕。

它还是逃了进去。

这是我刚刚搬进的新家，还没有什么陈积的东西，它怎么就住进来了？

我事后在想，若让人们去喜欢这些可怕的虫子，过程一定比较长。我感觉很怕它们。说句真话，如果我的行动是迅速的，我想将它屠杀。

我是庞大的上帝，它是我脚边的尘埃，我们在一个巧合中浪漫相遇，它逃开我的视线，在这上帝的房子里，勇敢疯狂地生活。

2009年4月28日 星期二

## 吉他声声

我在想着我的日记，意识到，一直在压抑着。后来才写了几篇翻滚的文章，觉出自己的脆弱来，当撩起帘子，发现自己的心事这样害怕让人知道。

吉他声响起来。窗外是一片阳光。一个二十八岁的男孩子在大清早就背着吉他来我这里了。他开始弹奏了。他守着那张单人床，瞅着铺着的书，我从房里进来，他抬头看我。这一天，他在给我布下生活的景。我行走在音乐里，就像我是曲调里的某种表达。

吉他声响。他在弹琴，我在打字，我说，你弹吧，我打字。他在独奏。我在写虎口的隆鸣。他爱音乐，所以，吉他是他的个性和荣耀。

猛然我们成了特殊的组合，各不影响，又相互感染着，可以在同一房里进行。我的文里有他的手指的拨动，他的吉他里有我的遥远。两个陌路，我们在房间里走路，他拿着扫把扫地，我们坐在一个厨房平板上吃最简单的饭，面对着被分割的一块块阳台上的玻璃。

生活该怎样进行，这是我长久的题目。

吉他声声。

吉他声声。一种猛然跳出生活的表层的飘浮，生活在水面上律动，摇摆。抱着吉他的人，年轻而纯洁的心事。在某一天他会想到，他赶到一个陌生人房里，说她是作家，给她弹了一天的曲子。也或者后来不再陌生，成了生活里能喜笑颜开的人，初次的相遇已模糊不清。

他曾是一个学生，说是幸运又做了工人。他清瘦的身材，眼神快乐。他工作了五年。吉他随了他十年。他的女友在另一个城市，读研。他只会做土豆丝和西红柿炒鸡蛋。

吉他声声，吉他声声。

吉他声声，吉他声声。

吉他使他拔高，精神上和气息上。

音乐是流浪，游走在心上的每一处，不知它去向哪里。它引向我们，教唆我们离开，它告诉我们那些未知的去向会使你释放和害怕，会使你获得成熟和飘散后的温凉。流浪在手指间，手指在弦上流浪。文字也是流浪，是去往不知名的去处，是探险，是告别。

人为了流浪而陶醉。流浪的人和流浪着的心灵。

吉他声声，吉他声声。

想起阿春来，是个很浅的影子。十几年前的一个人，他在我窗外弹吉他，把抽了半支的烟丢在地上，吉他声声，他朝我笑，一股烟草的味道。

喜欢我吗？他手指不停，眼睛却凝视着我问。阳光雪亮，照得他的脸那样明暗突兀。那时候阿春只是到我窗前买烟。我曾在那个小镇子里，他却来自城市。吉他响起，我扒在窗前，脸色红润，低下头被风吹着黑发。闺蜜娟子被阿春的吉他迷住了，她总是到我窗前来，等阿春出现。少女的心事，总是会在几秒钟内鸣叫和泛滥。

阿春走的时候又来我窗前买烟，还有口香糖。一共拿了五块糖，付了钱他把糖握在手里，只取了一块自己塞进嘴里，剩下的又推给我说，送给你的。我要走了。你要是离我不远我就会喜欢你。他说。阿春也二十八岁，那年我十九或二十岁。

我在窗里叫他止步，说你拿好你的糖。他却笑笑不应。

此生不见。阿春，一个在施工现场布电的人，吃完饭总把铝盆扣在头顶，然后懒散而嚣张地走过我的窗前。

吉他声声，现在奏曲的人也二十八岁，已小于我。他朝向我，如望一株树，期望而朦胧，他已是我眼里的男生。他只怀里抱紧吉他，想着天空的闪亮的树梢。而后，只想弹琴，说明自己的存在。

流浪的人是一种气息的人。气息的人，都残酷地爱着流浪。

胸腔的某种热一时释尽了，对我，流浪已失去意义。轻轻粘一下眼睫毛上的水花，转脸继续微笑。

吉他声声，在我的房里。

2009年2月8日 星期日

## 生命这朵花儿

我想到我的姥姥，她一生没有几个人知道她的名字。她嫁给姥爷之前是怎样的，也没有几个人知道，仅知道她是一个孤儿，过着穷困得不能想象的生活。她生下了我母亲他们七个子女，只是二舅在四十多岁时猛然喝酒喝死了。姥姥去世的那一年，她终日从床上摔下来，在别人不注意的时候就往外爬。我的小姨泪流满面地向神像跪拜，求上天把姥姥收走，他们已经对她无能为力了，姥姥在人间就只是为了把最后的罪受完而后终结生命，不可能再有其他。姥姥的嘴里说着一些人们从来没有听过的名字，她竟然叫着她自己的母亲，一声一声地喊着娘，她对着月亮，就像一只已经灭迹了的动物站在山顶上哀号大哭。姥姥是在一个晚上赤着身子爬到院子外死去的。

我的爷爷老去的时候眼睛是一直望着头顶吊着的那只篮子的，里面有他喜欢吃的一些点心之类。他生命的终止就如冬日里放在窗台上的一盏油灯，欲灭欲断，最终耗尽了。爷爷一直是直着腰伪装着体面而生活下来的人。在他年轻的时候常常是天黑前出去，跑几十里的路去亲家借粮食，弯着腰说着好听的话，半要半抢地拿了东西再往回赶。孩子们醒来的时候，会看到爷爷安好地在院子里走动了。爷爷的眼睛生病瞎了一只，头上又被马踢了一个很大的印，人们说他起初是一个很英俊的人，他一生娶过两个女人。

姥爷将死的前一天还在田里做事，他已经弯不下身子，就跪下来，他从田的一头一直跪到田的另一头，从田的这一角一直跪到田的那一角。他的一生都是在困苦和惊险中渡过的，在打日本鬼子的时候，他救了几个现在的所谓的大官。他的遗憾就是，一直不曾被人知道。他赶着牛车一次次去到县里，他想让别人知道他的光荣。可是他找不到证据，就一次次在梦里醒来，思寻着如何让县里的人相信，那个时代的老人和我想法是不同的，他要的不一定是回报，而是一种光荣或认同，哪怕是上级能给予他一个中肯的眼神。姥爷去世之后，是将一只暖瓶放在棺材里的，那是因为那只暖瓶就是县里的人给的，以感谢他过去做过的贡献。姥爷遗言里明确地要把那只暖瓶放进棺材。

人是无法想象另外一个人的世界的。他们在自己所在意的情节里吞吐和承载着。总有些想要给予的温暖而永久无法完成的遗憾。生命将最终埋没所有这些，将其推置于无声之中。

我的一个同学因为吸毒自杀了，他在自己的实验室服了大量的药。他的眼睛很大，个子瘦高，他在上学的时候就喜欢拿一只空的雪碧瓶子，猛然站到谁的面前，高举起来，夸张地抡起胳膊狠狠地朝对方头上砸下去，嘣的一声。对方就吓着使劲闭了眼睛，或者尖叫着用手去护，但是又觉得并不疼，于是就尴尬了。他就大笑，拍打着膝盖像一个老农民。我常看到他的小外甥在操场上拍皮球，孩子只有三岁，球却可以不停地起落。

又有一个人，我并不知道她是谁，长得什么样子，我们同时在街上走着，一辆大车过去了，我已经走了好远。后来有几个人好像围到一处，我停下来奇怪地回望，人们说，那人被车扫了一下，死了。在这里死又是轻易的，一下子铺设了很长的轨迹都不算了。她一定也是有故事的，无尽不绝的，推拥而至的，但任何的发展在此时都成了荒唐的奇思怪想。

说到这里却又不知道如何了，它太庞杂，当作沙砾中的一粒的我，思考着的样子一定是滑稽而可笑的，就如一只温吞的动物，它的眼睛一定会放大到滑稽的地步，它呆头呆脑地愣着思考也是会使人嘴角露出不屑的一笑的。可是，我是无法停止不去想事的，尽管一定是会被什么嘲笑了去。继而又想到，我的这个样子也是生命里的一种可悲了。可如果不想，又是另一种可悲。而世间的可悲又不是绝然的可悲，并且又无法将其他感受剥离。

又好像觉得生命是一种戏物，是另一种庞大的东西做出来玩的。

早上一起吃饭的时候妈妈说，人不如不出生，不如不活。爸爸说，这可不对，活着自有活着的意思。

我喜欢传说中的大将军，大敌压境，对于生死，都是他心里放着的，所以，觉得很正常。但是在战斗的时候，是用了全力的。

2007年10月5日 星期五

## 壶口瀑布

找不到可以澎湃的地方，找不到可以直击进心灵的震撼和热泪汹涌的地方。想着壶口最好。那里我没有去过。有那么多秋天来临的时候，看到窗外雨水洇染，会想到远方的壶口。好多次，是那样强烈地想去，因为它近在咫尺，简直就像在窗边，只是一直捺着，压着。我不知道此生是否还能看到壶口，能否站于它面前。

听说壶口这个地方是在十年前左右的样子，八九个人吃饭，一个四十岁上下的男子在桌前说话忽然提起壶口来，他说，到那时候，我背你去听瀑布的声响。他把我忽然拉得很近，一个成熟的人往往说过许多话自己都没有感觉，而幼小的人，却往往一句话是一个望见的未来。一个陌生人，仿佛瞬间有了未来的约定。我坐在众人里，心事被触动了一下，那个地方便成了我的一个心愿。但与那说过此话的人无关。

想和一个男子去看瀑布，在心里，他一定是一种最终的交代。让瀑布看到我们，让我们记住瀑布。让水的怒吼震聋我们的耳鼓，让脚下的巨石和地层因它们的澎湃而颤动。

我不知道那里是怎样的一个小城，古旧的、迂回着的街道。地面总是很干裂，白刷刷的阳光照着每个走在街上的人的脸，那应是一个典型的北方的小城。他们种庄稼，也做小生意，卖鸡、蘑菇和为旅游的人而设的廉价首饰。那里有一种被搁浅的味道，外面的时兴和举措来到这里总是推迟。他们稀疏地生活，只有现状，没有隐藏的故事。瀑布就在不很远的地方，那里因为澎湃高涨而隐没了小城的生活，就像临在瀑水边的叶子，被水淋着，震着，但很自然且干净。

我未曾去到那里。因为每个秋天，都还只是自己。

一个人在房里走着，从明处走到暗处，又从暗处走入明里。

手背和衣角偶尔会发着太阳漫出的盈盈的白光。不说话，一丝头发落在地上，没有声响。

明年又是什么模样。

在街上漫无目的地走，看着那些行人、街道，还有摊上的水果。又下雨了，河在涨起，一点点筑高，知道那叫作壶口的地方正在雷鸣吼叫，可以拍碎巨石，碎得就像落在地上的玻璃。水总是在秋天旺盛，而后又在来年储积来年的秋。我错过了一个又一个的秋天，错过了每一次的嘶叫。

想去壶口。那是我心灵神圣的地方，是救赎、呼喊。谁会与我面临劫难。

壶口就在我的咫尺，但我却无法抵达。

2009年4月28日星期二

## 哥哥带我去上学

很想说说哥哥带我去上学的季节，由于不知道怎么将这件事情恰好地把握，写时是这样不自信。哥哥并不是爸妈的孩子，只是在他十七岁的时候跟着我们全家来到了山西，他是我大伯家的长子，就如亲哥哥。他和姐姐同岁，他们有一段时间都住在大伯的女儿家，也就是哥哥的姐姐家。哥哥和我的姐姐在玩牌的时候打起来，他们谁也不让谁，哥哥把牌甩在姐姐脸上，姐姐就抱起花盆去砸他的脚。

后来哥哥和姐姐就都住回来了。我记得还是在山上，哥哥不知道怎么就使弟弟不愉快了，也许是丢了弟弟喜欢的东西。姐姐就强横地和哥哥说，把脸凑过来。哥哥大概是挑衅的缘故吧，就把脸凑到姐姐面前，姐姐抬起手给了哥哥一耳光。

我一直记得这件事情，不知道哥哥是否还记得，其实很希望哥哥能够渐渐宽许了这件事。那时大家都太年轻。

哥哥就是在这样的背景下和我们三个妹妹相处的。我的妹妹也很排外，大概她在某些时候也会给哥哥一点暗示吧，比如不要让哥哥总是那么理直气壮地走路，或者让他别坐在碍事的地方。而我也许因为生病的原因，从小比较爱想象人的心思，不管是谁都希望他们能喜欢我，所以我看起来最为温和。哥哥也最疼我。

后来我去学校上学，哥哥就一直送我。因为我和哥哥常常要共同经历一些事，所以看起来哥哥与姐姐妹妹的关系和我是不同的。比如我每天下学之后第一件事就是盼哥哥回来。我站到楼下来，在那几棵梧桐树下一个劲儿地等，也许那时候我非常地想去厕所，可能会憋得发疯。我和哥哥在路上也共同摔过无数次跤，因为他没有达到那种持重地骑车子的习惯，车子就像飞，我们在那条道上像骑着扫把的女巫手下的徒弟，任性而略露癫狂。一次我们就在去电影院路上的沙堆下摔倒了，还有一次车子的前轮骑进了水沟里，但是不管什么时候他的身子一沾地，他会不顾自己，用腿或者手支撑着车架，用最大的努力来保护我的安全，他的这种心思可能会使他自己摔得更为严重。还有一次我在树下等他，他骑着车子跑过来，树下平拉的铁丝绳恰好拦在哥哥的嘴处，他被猛烈地挂了一下，整个身子向后倒了过去，啪地摔在还没有干的雨水里。他的嘴里马上流出了血。我尖叫着。大概他觉得尴尬，并且他一向讨厌我们姐妹的大呼小叫。

哥哥讨厌我们小题大做，比如煮一袋干吃面，我们就围在周围惊奇万分地说：咦，奇怪，为什么是红色的？

咋这么没见识，没见识就别说话，这要是在外头让人都得笑死！他说着我们老家话。

我们天天都要经历一些这样那样的小事情，比如，我把一只被人踩死的虫子用纸包上埋到花池子里却被他刨出来，他有点恶作剧，想看看我有什么秘密，当他看到是一只虫子，并且纸上写着“对不起”的时候，他觉得不好意思或者努力装出要嘲笑我的幼稚。

比如我写了一首诗，由于急着去厕所，一回家就把本子放在门外的台子上，他就专门拿了看，我记得上面有一句是“为什么偏偏在我的伤口上再撒上盐”，这是我起初认为最牛的句子。结果哥哥并不回避地看了，而且不能理解地朝我笑，有点幸灾乐祸。他好像一直崇拜直率和干练的模样，好像这会使人看起来历尽沧桑。

那天我真的生了重病。我没有办法上学，我躺在村子里租的房里。家人都去工作了，可是那天哥哥留在家里。我躺在那里感觉一切都在变形，我看到窗框变得弯曲起来，然后好像有一颗空气钻进来，然后它就开始膨胀，它越来越大，最后都挤到我的脸上来，而且还不放过我，钻进了我的牙齿，我就快要被它挤死了。我全身疼痛并恐惧到极点，我忽然哭起来。哥哥从外屋跑进来，他第一次用那样不责怪我的口语气说："春儿，别害怕，我这不是在这里吗？我在这里，我在这里。"他坐在炕上，给我捋着头发。一直说着："别害怕，你是生病了，好了就没事了。我在这里。"我不知道怎么委屈成那个样子，好像连自己腿生病之后受的折磨都想起来。哥哥那样体贴温暖地坐在我身边，像这样的举止连妈妈都没有过，说不好是感情的粗糙还是羞于表达。他一直坐着，他说："我不会去别处的。"

后来我们一起长大了。哥哥订了婚，他很快就要离开我们的家了。那时候我已经停止上学，但是每天晚上都自己拄着拐杖去读业余高中。那个晚上在途中忽然大雨倾盆，把那个小镇整个笼罩在雨里，从我生病后很少自己一个人在外面，更何况遇到了雨。我的心惊呼地跳着。忽然哥哥在家里想起了我，他说："哎呀，春儿！"这话来得突然，话音未落他就冲了出去，家人都被他的迅猛吓了一跳。他沿着上学校的街一路小跑地冲过去，跑到广场处他远远地看到了我。他说："来！背上背上！"那时候整个广场只有我一个人拄着拐杖仍旧慢吞吞地在雨里走。

在路上水没过了哥哥的脚腕子，他的手挽着我两条荡着的腿，泥浆弄脏了他的裤子。他一路走偶尔会大声插几句话，他说："我一下想起来你了，我说：'哎呀，春儿！'"他故意说些没用的话好使我去掉局促的心。

雨还是大雨，整个夜晚的镇子只有哥哥背着我走在路上……

2009年2月12日 星期四

## 闲语

关于写作，我想到：总结答案并不是一件正事。那么，就描述吧。

2009年2月9日星期一

## 秋天我在路上走着

在我将要上中学的那个暑假，我独自拄着两根拐杖在院子外面的过道里走。当时我们家是租的农村的房子。我平时除了被哥哥用自行车带着去上学，根本没有自己离开过院子。但是由于那个暑假很长，所以有了向外扩展一点视野的勇气。

我不敢出去并不只是因为走路艰难，更重要的是我一直都在逃避着别人的注视，这个心理问题其实到了我二十岁以后才得以渐渐解决。我记得有一回我在院子外的门前站着，所站的位置是大门之外不超过一米的位置，这就已经使我感到很不安全。有一个三十多岁的女人怀里抱着孩子，孩子一直在挣脱，并且在哭。她竟这样和孩子说：别哭，别哭，你要再哭那拿棍的人就过来啦。

她大概以为我这样大的年龄还不用去回避，可是我已经非常受伤，以至它已经成为我记忆雕刻下来的东西，就算不说也永远清晰。

我意识到，自己在外人看来是一个异常的人，是可以拿过来吓唬人的。

但是在那个暑假，我还是试着走出了更远一些的距离，直到三十岁以前，我一直保持这个心态，那就是要进到新的地方，这仿佛就已经是收获。那是个下午，我沿着房前屋后的那条路，超过自家大约已经七八户人家了，这对于我已经是一次很具有挑战性的旅行。然后我看到面前有一条小水道，对于别人而言那根本不算路。一侧的房子忽然没有了院子，我看到较大的一块空地，空地后面自然还是住户。空地里种着有十来棵树，这对于我来说已经是足够让我新奇并感到享受的了。但那户住家的门半开着，一个女人看到我就站出来，专门看我走路。现在看来，人若是幼小的，有时候畏惧的只是一种气氛，比如我现在就会自己想，我怕什么呢，就算再糟也只是她觉得我走姿不够好看，她自然是不会来打我的。可是那时候却只知一味地紧张，不会勇敢地拆分。

那个女人叫住了我，说一定要让我进她家里坐坐，我执意不肯，并且要走到她家的门前也是需要很长的时间，若是摔倒就会更使人丢脸。

她不停地邀请，几乎快要成了央求。后来就这样说，我家里闺女也是这样，她还不如你，她在炕上躺着呢，你让她看看你吧，她看到你能走会高兴的。

于是我就更不愿去了，因为在那个时候我最不想看到和自己生同样病的人，若是待在一起怎么都感觉会使人发笑，那荒唐滑稽花样百出的病理反应让人窘得要死。

但是我忘记了怎么就去到她的家里，大概是因为她的邀请已经到了逼迫的地步吧，我竟也记不清了。

她的门口只有一个台阶，并不像别人家那样修得体体面面的，是一块凸凹不平的石头。我先进到堂里，堂房很小，并且光线很暗。我进了里屋便看到那个躺在炕上的女孩子。她身体是那样瘦，她的脸很白，缺少健康的血色。她的手指是纤弱的，一根一根地散落在那里，乌黑的长头发铺在枕头上，穿着一件红色的衣服。她那样望着我，就像是苛求一样。由此我也想出，我的天性真和别人不太相同，我为什么总是掩饰，总是抗拒呢。而真正的内心其实和这个女孩子的眼神一样。可是我当时一直嘲笑这样的人，把自己的可怜相拿出来，一点都不知道维护它。我对这样表情的人很担心。

她的妈妈给我拿了把椅子坐在家里的空地上。当时我不知道怎么看那女孩儿，但她的眼神很平静，一直在看着我。看样子要比我大两三岁，看上去已经是一个姑娘了。她的妈妈便开始问我是什么时候生的病，现在多大了之类。并且又朝自己的闺女说，唉，人家会走。

那女孩儿先是不吱声，一会儿哭起来，嘴里发出些声音，并用不太有力的手擦眼泪。

她的妈妈说，她一直不能下地，吃饭啥的都得让我喂她。

那女孩儿还是打量着我，好像我身上带着花草或者从深山里带来一只神鸟似的。她的眼神看着我明明幻幻的。那房子并不高，窗户也很发乌，我机械地在回答她妈妈的问话。

在我看来她是非常漂亮和单薄的女孩儿，虽然有一种很严重的羸弱的气息。

那妇女说她的父亲做了坏事，现在在监狱里。他太没有良心，什么都不管我们母女。她还说她就只有两闺女，并且补充说，二闺女是好的。

我大概只坐了不到十分钟就要离开，我觉得我很多时候一直不太合群，大概和心里在任何时候都很紧张有关。那女孩子想要留我，我就又纳闷了一次，她真像个孩子，有什么想法就会表达，如果是我就不会这样。

她的妈妈和我说，以后你们认识了，没事就过来坐坐。

我说，嗯。

当我走出房子时，抬眼看到那十几棵绿树，那真像是一块儿森林啊，心里就像被身后的事解脱了似的，并也对自己有点满足，毕竟自己在用腿走路。

我觉得那个女孩像是被我抛下一样，把她丢在那里，心里有点空空的。

几年之后，那时候我都已经很懂事了，大概已经十六七岁的样子，在镇子医院附近我又见到这位妇女。我问起她的事，她说，她的闺女在几年前嫁了出去。

我吃惊得不知道怎么再问她别的。我第一个念头就觉得她不是一位好母亲。

唉，她默默地说，那个人一直是光棍，把闺女娶回去就光欺负她。过了两个月她就死了。

我的瞳孔在她脸上紊乱地跳动了两秒钟，那瞳孔的状况就如飞机撞在地上时机舱里的零件。

她也并没有眼泪，大概在几年前她就已经流没了。她说，我去医院开点药。然后很抱歉地离开了。

我在这将近二十年里想过很多次想将她写下来，可是用了各种角度都没成功。但若我不写，怕是没有人知道在这个世间有过这样一个若有若无的生病的女孩子。

2009年2月9日星期一

## 灰

有个孩子生活在镇子里，她十岁左右的模样，穿着不男不女的衣裳，又不是很干净，一双秃脚穿着红色的塑料凉鞋，头发被剪得很短，身子又极其瘦，根本看不出她是男孩还是女孩，街上的商贩们都叫她灰。灰大概也不是她的本名，是因为人们讨厌她，所以骂她灰。那天她站在我的不远处目不转睛地望着我，她用两只小手抓着自己的短裤的两侧不自觉地往上提着，然后两只脚在地上点来点去。

我当时正在吃小吃，是一串肉串。我不自觉地发现了她。然后一会儿再抬起头来她还是那个样子。

我朝她微笑，叫她过来，我说："你是想吃吗？来，这串给你。"

她有点不相信我，自嘲着笑着说：“骗人哩。”

我说：“没关系，你来吃。”

她将信将疑地，有点想要上前，一直望着我眼睛，幡然希望能看出些我的漏洞。

这时我一个朋友的妻子，她是在斜对面卖儿童装的，她已走过来，几步拦住那孩子，呵斥着：“走远点！”她冷眼瞅了眼灰，嘴里说了句：“灰！”

那孩子就又止住步，反口骂她：“不用你管！”

朋友的妻子凑到我这里来，她认为我不明真相，正在受着灰的骗。她说：“你别管她，她可坏了，偷人东西，骗小孩子吃的，上午这卖鞋的地方不知觉丢了十块钱，就她偷的！”

我想用眼角给予孩子一个安慰，又有碍于朋友妻子的热心。孩子就站在我们旁边，耳力正放到最大，她微侧着脸使劲地目睹着女人将关于她的信息一个字一个字地跌落出来，灰的脸上露出一种无力的希翼和打击。

妻子回头瞅着孩子，孩子忽然朝她无故地说：“你们可坏了！”

“滚！别在这儿诈唬人！”朋友的妻子说。她被骂得晃荡着身子退后了一大截，但还是面对着我们。

我说：“这孩子是哪的？怎么不上学呢？”

朋友妻子才和我说，灰是附近哪个村里的，她的妈妈瘫痪在床上不能照顾她，她的父亲入狱了。所以她就在外面，也不上学。

“哦，哦哦。”我这样说。

终于把朋友的妻子熬走了，我迫不及待地招手让她过来，她就又顾顾虑虑地站在我的面前，我一直向她微笑，我希望我的笑容很温暖很温暖。她不知有多久没有感觉过这种笑容的温暖了，她朝我抬头看着，那种抬头就像是瞻仰，她的眼睛明亮起来，好像有很光彩的光团在闪烁。我说："你吃。"我把烤串给她，她就接过去。我让对面的人又烤了三串。"我们一起吃。"我说。

她就站在那里眼睛瞅着肉串急迫地吃起来。

我也在吃。

她吃完了，瞅着我。然后说："你等等。"她离开我，只几分钟她又回来了，手里拿了一只很大的梨，想来是在附近的摊上偷的。她平着胳膊端过来，胳膊就像一根棍子似的杵到我的下巴处，说："给你！"她说的都是当地的话。

我说："谢谢你，我不要。"

她硬是端着胳膊往我身上杵。我想还是要了好。我说："那我拿上了。"我接过梨对着它耸耸脖子，表示很喜欢。

她高兴极了，一副傻样子，两手搓着两侧的裤子在笑。她的肩胛骨处带着一层尘垢，脸上也有洗脸时水迹欲干时留下的泥水印儿。

我们就这样分开了。我不停回头看她，她就站在原地也一直看我。她身边的烤箱里冒出很浓的青烟，又有车辆把地上的土扬起来，她小小的身子就混在那里面渐渐地被湮没。

后来我来了太原，但是常想起这个孩子，她现在还在吗？生活可能给她设了种怎样的安排？有很多时候我异常冲动，想跑回去把她找到，然后领养在身边。

我这一辈子想起她来都惦记着她。一个小女孩儿，并且是一个美人胚子。

2009年2月9日星期一

## 妈妈，田野，清晨

### 头上插野花

有一段时间，是上完学没有工作。大概妈妈在那一时期深深地体会到我的失落，所以常常要在清晨带我出去走。

某次，我们沿着小河边柔软的泥坡，一边是少许的水，一边是高高矮矮的杨树。我们会路过一个小小的水泥搭的水渠闸门，然后我们要努力地在那上面坐一会儿。我记得妈妈在路边的草丛里掐几朵喇叭花来，它在清晨的野外太好看了。妈妈在水渠边给我梳了辫子，把花戴在我头上。

就是因为妈妈那无意间的一戴，使我后来去到野外常常头上插朵野花，而不觉羞涩。

妈妈把手背过来，两手相挽着，我就抓着她的手，跟在她后面。那时我们在一望无际的农田里，她大声地说：我们的战士在困难的时候，要看到成绩，看到光明，要提高我们的勇气！

我就跟在她后面，我们迎着晨风和阳光，我跟她大声朗读毛主席的话。

## 青牛和砒霜

其中的一个早晨，我们又换了另一个方向的野外，那里离家很远，怎么走去的我现在都不很相信是用腿。我们坐在田地间的土垄边上休息，这时就浮出一个牵着一头青牛的六十来岁的人。

他过来和我们说话，那头牛就在旁边吃草。他说他会给我治腿病。

妈妈总是看到说会治这种病的人就眼睛发光，我也一样。可是当妈妈听了那剂药方后就沉下脸。那人说，不妨事，按量来就行了。

在回家的路上我问妈妈他说的砒霜是什么。

妈妈说，那药是吃死人的。

那就是说刚才他们是在商量给我吃砒霜的事。

妈妈像是受了攻击，她一路表情严肃，她好像一下生了翅膀，随时要张开它与人拼斗，我跟在她身后，觉得像小鸡一样受到保护。这个时候我不该说话，往往人在意识到庄严的时候都不说话。

可是刚才那头青牛是从哪里来的，还有牛边的人。他们是从天上落下来的吗？用来讨一下妈妈的心思？——我知道妈妈是爱我的，就算病着，也不要我离开。

2009年2月11日星期三

## 在寒冷里

她想到他，他曾坐在她的车兜里，四围一点遮挡都没有，是个寒冷的冬天，是个晚上，他们从北城一直赶往南城的路上。其实无论她去到哪里都与他没有什么干系，他被无辜地带在车兜里挨着寒冻的入骨的风。

她还穿着棉衣就已经冻得失去了理智，他却只是毛衣加一件青色的西装。寒冷对于他，也许愈加地严峻。

他坐在风里一言不发，大约都要冻僵过去。她和他之间隔着一大截距离，冷在他们之间畅快地流淌。他独自坐在车兜里像货物一样由着她带去哪里。

她想到他那时常抑郁而忧伤的脸。

有些场面，描述一次，重读，累加的记忆会使细节越来越突兀。往往外象的存在是因为相反的内心，强硬的举止是由于心灵的失败，频繁的生动是源自感知的死亡——而在寒冷里，是因为有与之对抗的灼热的血。

即便这样，他们偶尔双眸对望，一丝尴尬使她明白，他们仍旧陌路。

2009年2月12日 星期四

## 文学——酸酸的楚

一个晚上，已经很晚了，应老师给我打电话。他甚至用嗫嗫的无助的声音回答我的问话。我是这样噼噼啪啪地问他的：应老师你能自己下地吗?！是怎么吃饭的?！轮椅在哪里放着?！家里的水电还有手机费够吗?！

应老师三年前出了一次意外，拐杖怕是永远去不掉了，在十天前他又与一个男孩子在街上撞了车子，他现在留在家里的床上，腿又受到重创。

听他的语气，事情严峻。

第二天，我先是打车去了东客站，买了票一直到了忻州，又打车到了他的门前，一路盘算着去做该做的事情。没想，一个我曾认识的也是搞文学的朋友遥遥已在门口揣着兜等我，我马上想到，骗局！事情远没有我想得那样紧迫。

但我也就放心了。只把这次旅程当作一次探访和旅行吧。

我进了他的家，我喜气洋洋地喊：应老师！

我听见另一间房里他也喊：寇子！

我进到客厅，转而看到他在另一个房间坐在床上，戴着黑边的大眼镜，穿着睡衣，头发比较长，正好扭着脖子使劲朝着门口努力地笑。我被他的整个房间所吸引，虽然没有特意收拾，但里面极具文化特点，对面是一张大得有点夸张的平面桌，上面搭了一层布，桌面上摆放着笔墨纸砚，不知从哪里收集而来的盆盆罐罐，还有香炉，大卷地合着的书画，围棋，几尊铜的、青铜的塑像。我惊叫着，在他面前油然是一个十足的孩子。我大声嚷着：应老师我先不看你，让我把家全看一遍再看你！

好啊好啊。我听见他边说边笑，喉咙里也抖着快乐。

我进到他另外一个房间，里面除了放张床，还有一张横桌，上面仍摆着吸引我眼球的东西，比如我看到一只秀美的菩萨的小塑像，景德镇的瓷器，一套紫砂茶具，还有线装的古书。

遥遥跟在我身后，揣着手，微笑着，很宽容似的由着我东跑西颠。

我终于来到应老师的房间，他的床上丢着跌打丸，几袋零食，一边床头柜上放着书，都是古色山水画的印制本。再另一边放着书柜、电脑、饭桌，乱七八糟。他呵呵地笑着，他的头发确实应该洗了，一绺一绺地弯着，这样显得他的头很大。他粗壮的手扶着两条膝盖，膝盖上粘着横七竖八的胶皮。这是一个总是爱出意外的人。

我这腿真是多灾多难啊。他很原谅自己似的笑着。

很快他打电话在饭店订了饭，很快饭就送到桌上来。我就又开始笑话自己的幼稚，想来他的生活是不必担心的。他要坐到那把电脑椅上，让我坐床。他要吃力地下地支撑着身体，手扶在椅背上，椅子有点不堪重负。等他坐下来，但离桌子有点偏，我就蹲下抓着椅子中心的轴杆往这边拽。他的身子在晃动着，看起来就像我在捣乱。

我和遥遥看上去都有点滔滔不绝，应老师倒成了我们的陪同，他总是不能独立地说自己的观点，而是零零星星地来连接我们的话，或者进行填塞。他呵呵地笑着，端着杯子瞅瞅这个，瞅瞅那个。

遥遥看起来是最激动的一个，他和我同一个年龄，他说话的时候脸色通红，话语源源不断，他说他的困扰，说他对自己某个作品的理解。他说，我现在又过起学生时代的生活来啦，白天上班，晚上必须在八点钟前回到宿舍，不然外面的大门就会关了，你想出是出不出去的，外面的人也进不来！我的家里没有电视，电脑也没买。我就用手写，一直写到十点我就睡觉。

我插话说：睡得这么早?!

他说，可是我起得早，我四五点起来，又开始写。直到快八点的时候就往外走，一般走半个小时就到单位。步行的时候正好想小说的事！

应老师也插了一句说：我懒。

我也是，哈哈。我搓着手说。

那你每天干啥？遥遥疑惑并认真地问我。

我说，好像也没真干啥。

他说，我就想不过来，这么多时间怎么能用完？我真羡慕你呀。

遥遥是一个很有希望的年轻作者，看样子他仍旧保持着曾经的单纯。

应老师又插话说：哎呀我的闺女，你什么时候才能长大呀，天天想事不做事怎么能行呢？还有你看书的时候别把自己当读者，你得当作者的身份来读，分析人家写的时候的思路！不过，我也和你差不了多少。他又转回来说，并且补上一串虚软的笑声。

我只能大笑。

遥遥透过眼镜看着我，那眼神是无意识的，他俨然是在等应老师说完他好排队继续说。

终于瞅了个机会，应老师表达自己的看法说：好小说就像一条纯棉的毛巾，就像你戗着茬儿摸上去的感觉，微微有点涩。

遥遥还有很多要讲的。那《一百元》要讲的，我觉得虽然想接近现实，但还不很实际，你想吧……。遥遥后面还有很多很多的话。

我走的时候应老师把柜子里的东西都一件件丢在地上，后来取出一个塑料袋，打开是一只雕塑，一只俨然狼的猫，身上缠着三角的蛇头。他说，我从埃及带回来的，那里的人把猫当作神灵，专门买给你的，就等你来拿。他憨厚地笑着，那头发还是使他显得潦倒，因而觉得他被外表所捉弄，由此生出一种幽默和酸酸的温暖来。

遥遥去送我。出门时应老师让我们把门口地上的一张折叠的废纸找到，说把它再重新闩在门缝上。他说，这样门就不会自己开了。看来由于他的腿，晚上也不锁门了。

我们走时他又叫遥遥把窗帘拉上，较亮的房间马上归回到黑暗里。因为你要来，要不我不会开窗帘的。这是我的习惯。他补充说。

好像一件事情的落幕，我们三人都回归到往日的落寞里，每个人的影子又变得飘虚起来。我和遥遥离开了他的房间。

我们在某瞬间很快乐，就像纸上愚头爬行的小甲壳虫们，一个个都是大仙，想起来是酸酸的甜、酸酸的酸、酸酸的楚。

**注：遥遥后来在全国拿了几个文学大奖，中国作协在北京给**

他开办了个人作品研讨会，出了他个人的书。遥遥成功了。应老师成了那城市最大的文学刊物的主编，虽腿坏了但也不用再骑电动车了。有时候“酸酸的楚”是人身后的影子，它会使我们的影子变得真实立体。

2009年2月12日 星期四

## 元宵那天

那天正月十五，并没有像传说中一样去到灯下，在纷涌的人流里像一个佳人样回望。我留在自己房间，住在离人群很远的却离春天很近的房子里，这里曾是高坡，在两年前，这里是荒野。那天我进入幻想，是与十五无关的幻想，想象到一种发生在自己身上的爱情，一种真正相融入细胞的爱情，从落地到死去一直跟随的爱情，并且从那天开始，虽然时常揣度但还是相信了它。当时我坐在临近窗外的地方，所以看到花炮飞炸不止，落英纷纷，后来才想，哦，这是十五。

呆望了很长时间的窗外，想写它，但无话。后来又写了，觉得不够，又删了。要写它什么呢？怎么去说这些烟花？

我自己在高坡上，望着黑暗中的窗外，那座城市都在眼底，那些烟花可以极目平望。尽入眼底。所以看起来，遥远温暖又使人同情。

2009年2月13日 星期五

## 释放

人总是要把一种热量释放出来的，所以，当你看到某些人对一件事充满动机，你就不要管它了。你若要管制，碎片会炸在你的身上。

2009年2月13日 星期五

## 读卡夫卡的《饥饿艺术家》

书上结尾是这样写的：

“因为我，”饥饿艺术家一边说，一边把小脑袋稍稍抬起一点，撮起嘴唇，直伸向管事的耳朵，像要去吻它似的，唯恐对方漏听了他一个字，“因为我找不到适合自己胃口的食物，假如我找到了这样的食物，请相信，我不会这样惊动视听，并像你和大家一样，吃得饱饱的。”

这是他最后的几句话，但在他那瞳孔已经扩散的眼睛里，流露着虽然不再是骄傲却仍然是信念：他要继续饿下去。

“因为我找不到适合自己胃口的食物……我不会这样惊动视

听……”我几乎要流泪了，这是一个深知生活苦难的作家，他将这样一种复杂的形态一语道尽。

有时候人的理解并不是来自一味的理解，而是对于理解背后的深刻明白，于是才会生出来自生命的悲悯和柔软的体恤。

2009年2月13日星期五

## 一个才华横溢的人

他骑着简陋的车子停在一个靠近郊外的小区里，一群灰色的鸽子在天上很远的地方飞，他慢悠悠地说：“那里面有两只是白的。”他的声音很慢，就像刚刚睡醒。他身后的那些小楼也都是二层楼，模仿别墅的样子。他在花园的边上，花园中间是一座塑像，很新，塑的是毛泽东，他高抬着手，好像在向万民挥手。

“这是个什么地方？”他说，“还塑着毛泽东像？他挥着手能带动起什么来呢？”

他又说：“这里安静得让人心慌。如果让我在这里住久了我会疯的。”

他对自己生活里的事就像对自己的皮肤一样，并不愿故意拿出来让人看。倒是他很想知道的人或事他会深深地分析。但如果努力，我们还是能搜集到一些关于他的大致概况。比如说，他在小时候比较胆小怯懦。在高中的时候经历过一次比较严重的车祸。他在大学自己学会了一种一星期学一本书的本领。婚后并不对妻子抱有热望，时时都想逃走。从他一次较为严重的婚外恋的事例上也可以证明，据他拿出来形容的一个词是：血肉模糊。大概两年前他在街上走，又一次被人撞倒，碰裂了颧骨。幸好两个月后出院没有影响外表。

他读大学时学的是哲学，并且是一个诗人。匆匆地走在街上，耳朵就像有了幻听，拿起手机看了看，什么都没有。“我这手机有毛病”，他总是说。

他找了两份工作，以为从此大概就满足了。那天他从第二个上班的地方回家，下了拥挤的车，忽然想到天上去找月亮，看见月亮依稀还在，他便想到这还算是在月色中散步吧。他兀自酸辛着往事，一句：“一笑流年匆匆，何妨且，来去轻盈……”

继续谈他的概况。他在前年拥有了一套公摊面积六十平方米的房子，外债还需几年还清。有一个儿子正在上小学。正在下决心换掉手机号的过程中，因为那个丢失的人让他等得太久。他有两份工作，一份在电脑前，一份在账簿前，并且这好像还不够。他有一个习惯，甚至说是怪癖，必须要每天从家里走出去，坐坐也好散步也好，他是说必须，这是一年的每一天中，包括除夕也得做的事。

那天他独自一人在家搬了把小凳子坐在阳台上，好像睡了过去，而后他说他听到了一种奇怪的声音，据他自己确认是开花的声音。

真是听到了还是故作姿态?！怎么会?

可它会是一种什么样的响声呢?

“大概是因为前几天下载《花开的声音》受了影响想到的吧。”他宽慰自己说，他还在小凳子上瞅着玻璃外很黑的天空说。阳台很小，凳子刚好支撑了他的身体。

有人说，一个具备才华的人如果没有志向，那就等于堕落。

他就坐在阳台上，扬着头，对着墙和玻璃。

2009年2月16日 星期一

## 什么是什么

快乐是肤浅的。疼痛是深刻的。

深刻是孤独的，孤独是陶醉的，陶醉是沉迷的，沉迷是幸福的，幸福是快乐的。

那么，

什么是什么？什么不是什么？

什么就是什么，什么都不是什么。

2009年2月16日 星期一

## 拾零

人缺东西的时候就会缺品质，等不缺了，他内在的光辉就会闪现。

可知人能心里安稳下来是多么重要，他会发现往日有太多该做的事等着去补救。

2009年2月16日 星期一

## 莎士比亚的窗台——看见舞台

我感觉出去之后总是会紧张，由紧张会生出很多不是自己正常的举止。比如过分地谦虚，这会使人感觉小家子气或者做作。比如可能过分爱说话，这是为了表现热爱，往往它又会使人显得心无大志，肤浅。比如可能不自觉地解释，往往这些解释毫无价值，甚至对方以为你真有此想法。再还有一种东西会不小心伤害了你，比如孤独的侵犯。或者想起曾经的遗憾。

人有许多躲避孤独的方法，我曾经用外出来逃避，现在又用不外出来逃避。那也不一定全是因为孤独，只是怕什么东西冲撞了你正在保护着的禁区。

当我坐回到自己的房间里，当看到一切都井然有序，地板很光亮，物什也放置得得心，用手指肚贴着键盘，那份自尊和充实才渐渐柔弱又结实地生长起来。

还是感觉这样生活得好。

刚才还在妈妈家里，弟弟正在找工作，我走时和他说，你工作一段时间之后会觉得那些人使你很累，你不容易对他们产生热爱之情。

他说为什么。

我说，着装后的人都会使你有这种感觉的。角色，有角色都会有使命的。我补充说。

我更加默默地想，我还是待在家里吧，这样，我就逃过了角色。

2009年2月16日星期一

## 儿子的中心

如果到了晚上的时候我去和朋友吃饭了，天在一点点彻底地黑下来，在快要晚上十点多的时候儿子就会给我打电话。他会在那边叫一声："妈妈？"

我会说："唉，宣宣。"

“你什么时候回来？”

“嗯……”我会沉思一下说，“半个小时吧。”

半个小时后他就会打电话给我。

我每回回来，到了楼下，防盗门就会自动打开，我再上到楼上，房门也已打开。然后我看到儿子晃荡着身子，踩着一双大拖鞋在门口迎接我。他会问我都去做什么了，说什么话了。他会围着我转，直到躺到床上也还是不停地说，好像我走的这一时段储了许多事。

往往我有时心不在焉。后来他就睡着了。

他的身子总是朝向我这边，头抵着我的枕头，光光的小胳膊半绕着自己的头。那样子就如我这边是个中心。

和宣儿的父亲不见面后，常常看到儿子的睡姿就会想到一个词：投奔。

2009年2月18日星期三

# 第四章 微蒙晨曦——渐走出的希望

昨天都做了什么样的梦？打开窗，晨风和霞光漫进屋子，是的，新的一天开始了！

## 进到山里

我找到了一个能够静待的地方，离这里并不远。沿着道走，而后向右拐，继续，会看到四五只狗，它朝你叫，它们的身影会异常地妖艳和魅惑，你继续走，道就会伸到山里，但是你还是要继续走。你会看到自己置身在此山的梁上，脚下有深深的使人眩晕的谷，无数的树和草会掩着它真实的深度。

再然后你就会安下心来，在路边偶尔会看到一株长得并不秀美的梨树，春天秃着枝，但若晚些来就会看到一朵朵大的梨花。要继续走，继续走，继续走，路还是好的，平展展的，干爽坚硬，你现在是在山里了，身边有一个低低的坡，两间窑洞空落在那里，窗子和门都有塑料封着。

终于可以下车了。小心地走到坡沿边上，面对起伏宛转的很远的山梁，脚下是深深的山谷，并一直开往山的那边。现在深吸一口气，吸到头顶和脚底，开始大声喊：啊——！

阳光很好，雪亮雪亮的，就像一只淘气的小狗的尾巴。

要欣然致昏了。

2009年2月18日 星期三

## 春耕这件事情

这已是年后第三场雪了，天一直阴了三天，傍晚的时候雪终于簌簌地下起来。对于雪不仅是它的悄然和纯白，也还因为它的遍布，比如可以都抱着电话，然后一起说着彼此窗前雪的事，它就如同思念。可是事情是这样的，我遇到了一个朋友，他竟说，年后只有一场雪是自然落的，剩下的都是人工。

我的软的散的情绪有所回收，不知道要做怎样的表达。

我先是问：为什么要它下？

他说：天！而后才继续回答，要春耕的。

“春耕”是个美丽的词，是一件美丽的事。心胸疏朗开敞，就不会因人为还是天然而挂记了。应该走出青春的情结，用更为实用的眼力看问题。

2009年2月19日 星期四

## 叶子，是不会飞翔的翅膀

昨天晚上在下雪，妈妈打来电话，她说弟弟独自坐着火车去北京找工作了。我开着窗，天外一点寒气都没有，只是在下雪。我和妈妈在谈弟弟的事，妈妈是希望在与我交谈中得到一点宽慰。

我说，若在当初让弟弟上艺校也许就好了。看他歌唱得多好啊。

妈妈说：他唱得真的是很好吗？可是你看他的个子也不高。

我说，他可以作曲啊，或者学某种乐器在乐队里。这样的人一辈子也不一定有成绩，但至少自己知道擅长这个。

妈妈和我说，她总是和弟弟谈起我来，用我的事例来鼓励他。看看，你姐姐心态多好啊，妈妈这样说。

挂了电话独自走在房间里，想着厨房的那块毛巾应该剪成两截，一截擦桌面，一截擦厨房的地面。取了剪子，对着厨房的墙壁，把那毛巾一剪子一剪子地铰着，而后拿着去洗手间的池子里洗。一把一把地用手搓着，忽然自己抽泣起来，流了几滴眼泪。自己就抬起脸对着镜子的自己笑了笑。继续洗，而后又继续抽泣，并越来越凶，我哭起来，眼泪吧嗒吧嗒地流着。手仍继续洗。

在人面前落的泪是因为有伤悲，而独自一人，它只是液体，轻便得就像不哭。

2009年2月16日 星期一

## 一个退学的孩子

儿子是去年春天转学到这家寄读学校来的。同转来的还有其他地方的几个孩子。开学那天，新转的学生在楼道里来来往往，或要下去交学费，或要去教导处取书，或者还要去找桌椅，后来孩子们都进了教室，家长们都站在外面惦记地往里面看。门关上了，走廊里安静下来。一个个子瘦小的女人操着一口南方话赶来了，身后跟着一个戴着深度眼镜、个子不太高的男孩子。女人似乎什么也不知道，朝家长们问东问西，然后就把孩子往教室门里推。她朝着老师笑着大声说："他是王小双，刚考了四（试）过来。"

她问我，你家孩子的英语考得怎么样。原来王小双不懂英语。可这是一所以英语为主的双语学校。

自此我就记住了这个叫王小双的男孩子。他当时跟着妈妈的样子颇为老实，总是妈妈到哪里他就认准跟到哪里。可是那种老实里又不免掺着一种油皮的劲头，即一种天生的老练。他的个子比同班的孩子小，两肩微微向里含着，两条腿走路很是油气，就像双脚与地面有点粘连。他的两手总是在胸前，就像捏着一张纸条或者是掐着手指甲，一副不当回事的样子，可细细看又像是在发愁时的止步不前。这些放在一个实际年龄很小的孩子身上，又不免看起来有一种苍老之气。可是妈妈一唤他，他就会抬起前后都有点夯儿了的额头说，哦。又全然是一个无依的孩子。

无疑那次摸底考试他的英语成绩是最差的。王小双被妈妈推进教室的时候身子被推得向前跄了一小步，然后他就左手抠着右手的指甲开始迈着苍老却又劲道的步子走进教室。他自然是明白这些的，却要迎着走，那心里要抵挡多少东西大人也都不知道。

事后学校的生活就这样开始了，从那一天起他就住在学校里了。他和我家的孩子分在了一个寝室，同住的还有四个男孩儿。

每周五是接孩子的时间。如果我晚了，就总是能看到王小双一个人在双杠底下自己无聊地端着两手晃着走路。脚下是人工的绿毯，每回看他，他就腼腆地笑，然后不好意思似的逃到双杠后面去玩。有一回我去得更为晚些，教室大概锁门了，剩下没接的孩子就被送到楼下操场，我一进校门，门房里就跳出一个孩子来，他的腿还没有彻底走出来，脑袋已经迫不及待地朝这边望了，所以看起来他是弯着身子并补着步子向我这边走来。当时天已经较黑，我需要仔细看他，他也要仔细看我，而后看到是我，于是笑一笑，遗憾地把身子扭了个转，又回去了。在他们班里，王小双的妈妈总是最后一个才到。

又听说王小双因为个子小，又学习不好，所以同学们总是欺负他，个子大的还要打他。还听说王小双喜欢撒谎，回去总是骗家长说自己完成了作业。

儿子有一天回到家，晚上躺在床上忽然说，妈妈，王小双晚上天天哭。

我静止正在想事的脑子转头问他，为什么？

他说他不想在这里上学了。他总是被欺负。他一到晚上就想家。

我每次去接孩子，每次还都是看到王小双或在窗子前张望，或在操场的双杠上等妈妈来接。

今年冬天放假的时候我又看到他在等妈妈。我朝他打招呼，我说王小双好。

你若主动与他说话，他会走过来，也并不怕见生人。

我说，你在吃什么?

他也不回答，就只是马上从裤兜子里掏出一块糖来，往我手里塞。

我说，不要，不要，谢谢你。

他也不抬头看我的表情，继而没有间断地把糖转给和我一起来的家人，看起来这些事都是胸有成竹做的。他又继续给下去，给到我的孩子也有了一块儿，然后折回身子去，粘着步子耷拉着脑袋又逃到双杠后面去了。

今年开学了。孩子回来和我说，妈妈，王小双不在了。

我很意外地问：去哪了?

孩子说，不知道，开学之后就再没来。

心里忽然泛起淡淡的哀伤，想起王小双从门房里跑过来弯着身子认妈妈时的样子。当时天很黑，一个小影子从门里跳出来。

不知道他怎么样，又去到哪所学校，他是否厌倦透了上学。等他长大了，对于童年这段岁月又做出了怎样的总结呢。我希望那孩子有出息，经过苦难和艰涩之后，能做一个给自己争光的人。

2009年2月19日 星期四

## 说不

我想说不。“不”很绝对。说不的人美丽、性格。不，是清场，是清洁，是直面和严酷。不接电话，不与人交往，不留有余地，不花哨。不，是另一个方向的留下。不，是成熟，是爱。我要说不。我想要满篇都说不。不不不不不。不是封杀，守住漏洞。

不，这一字眼，是小说化的诗。它有情结和伤心。

说不，转身离开。

2009年2月19日 星期四

## 儿子玩的一种游戏

儿子从小就喜欢喝饮料，搞不清这是什么原因。如一桌好饭放在那里，他最要紧的就是迫不及待地喝饮料，一杯一杯喝不完，小肚子总是要到滚圆才行。

前几天和儿子从超市抱回一瓶可乐来。他打开盖子开始喝。我躺在床上看书，他就拿着杯子，趿拉着拖鞋过来了，说，妈妈你听。他把可乐含在嘴里，扬着头，张着嘴，可乐在嘴里发出气泡哗哗地碎开的声音。一会儿声音就停止了。儿子就合上嘴使劲地摇头，整个一个傻瓜的样子，脸和耳朵都被甩得乱变形，膀子、腰、腿都牵扯得左右甩动。然后他又扬起脖子，张开嘴，哗哗哗哗，气泡又翻出声音。一会又消失了。儿子就又合住嘴一个劲儿地摇头。

我哈哈笑起来，我说别了别了，妈知道了，妈妈知道了！

他这才停下来，把可乐咽进肚子里。妈妈你也试试，他强制我把可乐灌进嘴里。摇！摇呀你！他着急地说。

2009年2月20日星期五

## 他的起义

我怎么能不说到他，如果不说到他我又怎么能对得起自己。在前几年我总是梦到他，就算从来不见，就算在别人眼里以为我生了他的气，或者他生了我的气，但其实都不是。有时候我在想，时机还没有到，我不能去见他。有时候我在想，他也一定是惦念我的。但就算不惦念也没有关系，他对我的帮助已经足够使我一直感激。

我要说谁呢？我没有想说谁，我只想说在我渐渐长大之后，我不小心踏上了文学的路子，那时候我穿着一件红色的大衣参加矿上推荐的文学小组会。在会议结束的时候，每个人撕一张窄纸条递上自己的简历，我把“生于”写成了“就于”（我一直是一个写错字异常多的人）。那个主持会议的主编，他来自太原市，他用着山西晋中的口音问：这是谁的纸条？“就于”是什么意思？他皱着粗粗的眉毛往下面的桌子周围打量。

那位主编后来为了我的一篇小散文在镇子里多留了半天，我光荣地向周围的邻居炫耀，说大编辑来我家吃晚饭了！那时候我微小得连野花瓣子上的一片小瓣子都不如，这样一个光彩的文学老师来到我家使我们感到蓬荜生辉。

我们是因为写作而被他一次次打击着的人，我们越是爱我们就越脆弱，我们越脆弱就越是爱，这件事情就是这样在进程中的。

他确实给到了我一个人生的目标和方向，我竟在不知不觉中走入其中。我们这些在太钢这个大企业工作的人，由他来组织形成了20多个人的文学团队，他带着我们一路在文学的路子上探索、冲刺着。其中艰辛的路程唯有一直跟从的人才能体会得到。现在很想讲讲我们的艰辛和他的艰辛。那些扭扭折折的前进之路充满了期望、不安、难过和焦虑不眠的夜。这期间他一直保持一个模样，面目略黑，不语，严肃的神态。吃饭时喜欢蹲在椅子上。每次去学生家只吃面条。他喜欢给我们讲前人的话，巴金说，鲁迅说，他将那些精彩的言语拿出来和我们分享，还将自己童年的趣事讲来与我们听。他哈哈大笑，一派男人豪爽大度的模样。在一段时期，他绝对像一个极致的领袖，决绝，固执，呼风唤雨，我们都听他的。他总是走在我们前面或最后，低着头，背着手，一副倔强的模样。

他是一个对文字虔诚的人，他会一心一意地在那张大桌子上看我们每个人的文字。他烟雾缭绕，说话错落，他说："这样吧，把某某叫来，我和他说几句。"

我与他有几次独自的交流，一次是我参加演讲比赛，他前一天便去看我，将上面要修改的文字进行了改动，用笔划上，我得了一等奖，他便是传播消息的人，我们写作的人就都知道了。还有一次他教我写字，说我字写得太难看。我们专门找了空白的纸，他一笔一笔告诉我，字不可以挤在一起，要搭开。另外就是他写给我的每一封信，他在信中说，也许我在以后真可能是写作中的人。他的"写作中的人"用得如此含蓄而深具意义。

我到处游走，在南方，或在北方。我是一个不太听话的孩子，并且也常常传出些关于我的传闻来，我不堪重负，实在没有勇气再在那个组织写作下去。后来，过了十多年，这是多么漫长的时光，也许他的头发慢慢白了吧。我没能看到他的模样，他生活在那些孩子们的背后，看到他们每个人，我都会想他。我在猜想，也许他是想用强烈的手段击碎写作人的心窍，唯有这样，在涅槃之后才会重生。

对于写作这件事，他最终只是送了我们一段，那个最起初的、启迪我们文学方向的那一段。十五六年的时间，我们渐渐地不再如大雁一样结伴而行。他似乎站在了我们的后面，就像村子里送走孩子的老人，在村头留下他那热望的身影。

我很怀念他。我能懂得他的善良和初心，更能明白他的抱负和给予我们的真诚祝福，那父亲一样稳健而又深沉的形式，哪怕是令人费解的方法，但隐藏其后的还是教导与祝愿。我曾总结出，在我的生活里，在最关键的年轻时代曾有过三个重要人物在转折着我的人生，他便是一个。

他那曾经狂浪至极的目标就如一个空前的起义，使故事镶嵌在了一个惊心、深情的背景里。他未能带着他的中国集体似的黑马群进入中国文学的最高地，我们没能集体奔跑，而大部分人都回归到平凡的生活里。但那曾经的影响，都映着我们每一个人每一张真挚的脸。在一生中，不是每个人都会与真诚谋面。

我愿他好，想念他，一个把群体理想在短时间里闪现成一种现实现象的男人，他实际创造了这样匪夷所思的传奇。

想念如渐渐枯瘦的秋枝，趋于平静，趋于珍藏。

2011年10月27日星期四

## 和宣儿

想起和宣儿坐在那个阳台上。阳台上什么都没有，水泥的地面，很干净。宣儿很小，仅两岁半，柔软的手指都还不加力，皮肤柔嫩，两只脚踩在我的腿上。我坐在窗前的一把圆形椅子上，我们都扒着窗台看窗外。窗子的对面还是同样的楼。侧着头往旁边，可以瞅到一条路。我们便望着路，等着我们共同的男人回家。天空有时候晴朗，有时候晦暗，在春天，地上没植物，我们在高高的四楼，视线里寻不到可以注目的点。

但是总有一些长着艳丽脊背的瓢虫在窗前爬，我捉住一个来，数它背上的花点，分辨是好虫还是“不好虫”。在这四周都是静止的环境中寻找这样一只奔跑的虫子是我和宣儿的新奇，它总是低着头的样子，在你的手掌奔跑，想要逃命。

我看到宣儿眼中的亮光，眼中一亮，整个房间，及我的身体都会充满滋润和能量。于是我让小虫一直在我手上奔跑，它跑到手背、手腕、手心、手指又跑回来。人的手掌就像一个地球，是圆的，没有边际，没有海角天涯。

小虫流着汗，喘着粗气，但那得跳进它的世界才会知道。我在用缓慢的、顿挫的声色和语调给他讲关于小虫说的话，他听得用心，他是最好诱导的一个宝贝，说什么他都能听进去，只要你声音起落，哪怕他听不懂，都会入神。他表情生动，全副心思，眼睛明亮得像欲开的玫瑰，他时而呵呵地笑。我说：那只小虫要去一个地方找一个好东西，可是路太远，要走哪条路呢？它边走边想，走这条路吧，看，它决定走这条路了。它是一个妈妈，它在路上边走边想今天给小宝贝们准备个什么礼物。要不，给它带回一颗潮湿的小粒回家吧。呀，它摔倒了。

宣儿咯咯地笑起来。

让它到这里走走？我把自己的手移到宣儿的小嫩手上，让小虫子在不觉中爬到他的手。别怕别怕，我还是用故事化的语言说，它只是走走路。我抱着宣儿。

宣儿喜欢听我讲那只瓢虫的事。他总是听不腻。我和他都出不了门，我和他也都没有玩具。只有此时，我们紧贴着身体，他听我说话，一起猜想小虫子的心思。

我往日睡的觉太多，是由于为迎接宣儿的到来而耗尽了体力，我无休止地睡了三年。宣儿能下地了，却还守在我旁边，不停地叫我起来，说，要喝水。所以，宣儿比我更寂寞。

记忆总在早春那张没有青草的阳台前，和儿子。

2009年2月21日星期六

## 池塘边的榕树上

前天晚上，怀里抱着爆米花坐在出租车上。这一桶爆米花很贵。车窗外街灯很亮，我边捏着几粒放进嘴里，边看着夜街。那爆米花很酥甜，咬的时候会发出一些碎裂的声响。

这曾是我在十几岁后向往的一种生活：在都市里生活，抱着爆米花在影院看电影，总是笑得前仰后合。那爆米花必须是一个男孩子买的，并且他就在身边陪着，扭头看我的频率要远远大于看电影的频率。

生活不能使你得到全部，但总会拼凑着似是非是地使你实现。就如我一个走入三十岁后的女人，补救着青春的缺失。

有点宽慰。但又不很勇敢地看待一种错位，就像已嫁的人穿了一件背带花裙和攀带皮鞋。

2009年2月21日星期六

## 女孩儿水田在柜子里

我在浏阳的时候和水田住在一个房间里。她是一个十四岁的女孩子。在南方的村子里，这样大的孩子就已经完全是一个懂事的姑娘了，可以做饭，交友，打工。她长得很漂亮，大眼睛，下巴尖尖瘦瘦的，水蛇腰，老是把头发剪得像个男孩子，说话也声音粗粗涩涩的。这样，她反倒使人感觉不同，很清新，不使人觉得腻烦。

那是我们一次出行，我去一个小里间洗澡，可是出来她又无处可躲，但是里外只不到十步远，若我重新穿戴起来又未免太繁杂，我就在小门里和水田喊，水田啊，我出来后你就转身朝那边睡！她用涩涩的声音应了声，哦。

最后我出来了，却发现房里没有人。我想，她是躲到门外去了吧。我上了床，盖了被子，然后朝门外喊，水田，进来吧。

只听那里的门吱的一声，那张床前放被子的小柜子的门开了，小柜子也就六十厘米的高度，她蜷着身子挤出来，一只干瘦的脚先点在地上，她傻呵呵地笑。

哇，不是吧。我说。

她只是呵呵地笑，并且笑了好长一阵子，但是一直没有说任何别的话。一个傻丫头。

我回到北方的时候，她把我送上车，她找了一个厕所，据说那里最安静吧。她把门在里面反锁上，然后她大哭起来，她说我走了她想到都要死，可以上吊死去。外面人不停地敲门，她们对这样一个不懂事的孩子非常生气。

后来她垂头丧气地回到自己的村子，她躺在床上一个星期不吃不喝，听说就这样生起病来，她不停说着我。她的妈妈说，她长这么大最喜欢的怕就是我了。

可是我曾做过对不起她的事，那是因为一张照片，我在处理那件事情上无情甚至冷酷地扼杀了她的感情。我在后来见到她，郑重地和她又说起这件事，请求她原谅。我想人应该在当时都要有所克制，因为有时候自责的力量远远超于别人对你的记恨。一生中有两件最自责的事情，这是其中一件。对于一个热爱你的人，你不要使她失望。

不知道她生活成什么样子了，听说她已经结婚生子了。若我好些了，是得把她找回来的。那是该用一生来维护的纯洁的情感。

2009月2月21日 星期六

## 清晨在黑板上写字的女人

在那个镇子里，胡同里曾有这样一个女人，有一段时间，天还没有彻底亮她就会跑到路边水泥抹出的那块大黑板前，她开始写一些事，上面写某月某天，她的丈夫去到另一个女人的家里。

她是如何仇恨，并且想要阻止，而她的丈夫和那个女人又是如何表现的，用了怎样的言词。

这样的文字往往会吸引很多人，可以整整一个上午，乃至下午都会有小绺的人群围在那里。她是一个老实忠厚的女人，身形略胖，头发总是剪得很短，看起来是那种没有一点审美意识的人。她的丈夫说她的脑子有些问题。她常常坐在几级台阶上织毛衣，对身边的人小心且谨慎得过分。

又有一天，她竟躺在来往的路上，很多人都拉不起她来。她大哭着说，我要回家，我要回家啊。

可是家是指什么呢，谁不让她回去了，别人这不是正拉着她希望她回家吗？当时天刚刚彻底地黑下来，围观的人有许多。我正从她那里路过，她的声音冲过所有人的身体直撞在我的脸上，她是歇斯底里地喊的，我要回家！！

我的心忽然哆嗦了几下，眼泪忽然冲出眼眶。我承认我是一个没有见过世面的人，总是被某个片段所控而变成傻瓜。

我要回家——我们的家都在哪里？

2009年2月23日星期一

## 行走着的夫妇

去年秋天，我去一家清徐的醋厂做了半年多的管理，其间常要接听厂子里派出去的全国跑销售的各区域人的电话，其中管东北市场的是一个叫作瑞的人，他打起电话来语音的尾声总是上挑的，有一点质疑或者攀谈的架势。两个月后，我见到了本人。他是一个不到四十岁的男子，个子低低的，又有点微胖，留着两撇小胡子，眼睛小小的，上身穿着一件较大的黑夹克，实在是不出众。我发现他又是很世故的，一回来就轮番地坐进这个或那个办公室里，从怀里不紧不慢地掏出一盒并不好的烟递上去，像历代朝政的人似的，哈哈大笑着，一派男人之间论天下的气势，而后形式地说着东北醋市场的情况。据说，他是厂子里的一个特例，那就是他是带着老婆一起跑市场的，只是他自己挣厂子里的钱，老婆只是跟从。做销售这一行是需要跑的，往往三四天是必须要坐火车的，每天早晨的报点电话就是为了看他们是不是在跑着，厂子里每天的补助并不多，想象不到，一个人挣的钱自己花都有些吃紧，两个人又是怎么样呢？我是在涉足以销售为主的行业里才知道，全国交通方面的拥塞和获利，绝对有一部分是来源于那些走南闯北的搞销售的人。

那次是厂子召集所有在外的人回去开会的，在住宿方面人们提出不让其老婆在厂子里住，理由是她得占一张床。这使我很生气，他们经济并不好，附近又没有旅馆，难道一定这样排斥才好吗？当时我在厂子里还算是说话算数的，于是他们回来之后并没有因为住宿问题而不愉快。

第二天我看到了瑞的老婆。这个女人实在是很漂亮的，烫着一头自然的卷发，眉清目秀，穿半大风衣，高筒皮靴，衣着又十分地合体。我当时真的有些意外了，就想到他们在一起必然有一些原因的。很快就有人告诉我答案，他们并不是原配夫妻。

隐约觉得，作为瑞，有此老婆，也可成为人生中一个标记似的亮点了。人一生有一个亮点，也就不委屈了。

厂子在太原组建办事处的时候，我重来到太原，他们夫妇也因着是冬天东北市场暂停被分派到办事处来开发太原市场。那天没事可做，瑞的老婆就和我坐在那张很大的会议桌前，面对面地，我想她是想拉拢我的，没有几个人喜欢他们夫妇，其实这实在也是有些无辜，厂子里的人有点排外，又因为他们的来历不很名正言顺。瑞的老婆叫楠，她提起他们真正的来历。

他们本来都是结了婚的，楠是因着和婆婆合不来，和老公分了手住回娘家，瑞就喜欢上了她，而后竟丢了家里两个孩子及老婆跑了出来。他们已经三年没有回家了。瑞的原配在他们走之后疯掉了，第二年渐渐缓过来后也嫁了人。瑞丢了家里的家产，什么小二楼、车之类，还有孩子，就用食指和中指挑着一根燃着的烟行走在厂子里的每个办公室，与那个不相关的人笑谈市场了。

这个故事听起来对我的触动是很大的，但并不想评判它的好坏。凡事都是有角度的，一方面这种私奔确实是可以鼓舞一些人的，但是从另一角度，又不能不使心感到伤痛和遭受质问。

楠是抹着眼泪和我说的，说她的孩子，说她过年的时候不敢回家，没有钱的时候又不能与家人提起。

再后来我就又隐约感觉到楠的一些疑惑和担心，她说他对她很好，做饭之类她从来都是不动手的，可是他总是不会说楠一句不中听的话，总是挑着好的来说，她却觉得他还是远的。他们并没有领证，又都不打算要孩子，楠疑惑着，她说，我们出来已经三年了。

我与他们一起唱过一次歌，歌厅的音响很糟，但是瑞却唱得很好，他有着一副好嗓子，他略弯着腰，一只手在下垂着的同时因胸部用力而招动着。话筒是被人抢去的，瑞的嗓子还没有来得及停止下来。瑞在楠面前也自然是男人，是老公的，想着又是损了很大的面子，或许在这外面世界的众多时候是经历了这样和那样的尴尬的，因着穷困和奔波是无法体面起来的。其实选择了自由的时候，也势必选择了站在风雨来兮的旷野。

在办事处的时间大约有一个来月吧，他们夫妇好像吵了架，吵架的原因是与工作有关的，是因着办公室内部的一些事，但是因为楠总是在其中走动，受了点牵连。他们曾有一天的时间没有去上班。我去到他们暂租的地方看他们。我进到他们的房间，总共不到九平方米的房子，里面有床，有硬纸箱，有做饭的单罩煤气灶，一只又能煮饭又能炒菜的锅。几乎是没有空地的，只能放两只脚在原地或者平行着走动。楠的眼睛肿着躺在床上，头发也没有梳理，面前却放着一点小果品。瑞坐在床边，一只手托着另一只手。我去了，他就站起来，动着做饭的家具。那实在是一间很狭小的房子，床上只有一床被子，另一床是我暂时借给他们用的。

还有一次，我约大家吃饭，其中就有他们夫妇两个。楠笑着说，你为什么总有花不完的钱。我告诉他们我已经是一个乞丐了。那天我们喝了些酒，一个同厂子里的男子一直笑呵呵地和我说他还没有成家，要不要嫁过来。我们气氛融洽地吃完了饭，窗外夜已经比较深了。我们从二楼下来，我小心地怕摔倒是因为我的腿不好，可是后面他们夫妇也是怕摔倒的样子，楠一直偎在瑞的臂上，两人互相搀着，我听到瑞说，我有了你，就等于什么都有了。他们与我们相距着一段距离，笑容融融无声的，印着城市想象中的月亮，有无限我可以热泪盈眶的东西。

今年春天我离开了那个醋厂，他们夫妇也去另一个醋厂工作了，并且楠也独立进入那家厂子，可以与瑞一起挣钱了。昨天忽然接到楠的电话，她不再叫我经理，改叫我姐了，其实她看起来比我要成熟许多，这大半是因为对我尊重吧，或是与我相处一段时间后真正接受了我。她说很想再见见我。我其实是因为暂时的情境并不风光所以不愿见人的，却对她与瑞的事很是关心，不知道以后会是什么样子。我好像是有一点希望在他们身上的，观望着，关切着。很想和他们聊聊天，其中更关心的是楠。

也许瑞与楠的故事远远没有一些书里的故事讲得深沉，或者他们是由着一些欢爱和想象中的自由来行进的。可谁又敢完全断言呢，谁又会知道，他们会在某一个深夜猛然一瞬彼此对望时的跌宕。或某一条街上并肩前行时，笑谈着的间隙猛生出的前生今世的疑惑呢?

在这个城市北侧有一个很大的森林，它在城市之中显得异常而舒展。它郁郁葱葱，起伏的草地可以放眼远望。有一些各地的植物都生于此，挺直的和倾斜的。有些年轻的学生们依偎着坐在一处，一起唱着笑着。还有写生的，靠在一棵树上，手里执着厚而温的板纸，对面被画的男孩儿瘦小得很，坐在一块石头上，额头被太阳晒得殷红，却坚信自己是在做着值得记忆的不寻常的事。

这个城市还有一条河，夜晚河水非常美丽，映出水上水下的灯影。来往的车在沿河的公路上行驶，依稀中一对或半对情侣歪歪扭扭着，错结着手臂望着河面，说着发生的事情，与水无关的。

捡出瑞他们一对来，就像发丝一样无法重描，其实每一个都将在城市的平面上无法重描，就只是泱泱着的感觉，总像是一种调出来的情绪，在心头要柔软或者触动一下。但又说不出什么来。就只是看着这一对，或者那一个，走过来了，有一些小声的说话声传进耳朵，而后又掠过了我，走远了。

众多生命混合成的沉重与庞杂已经像一个巨大的球体越来越清楚地让我领教，很想为着行进中损耗和惨死的存在而唱一曲宏大的葬歌。

楠与瑞最后将走向哪里？不知道，我们似乎无法猜到。

2006年11月5日星期日

## 路上的某些清晨

去年春天，我去一家单位上班，每回在路上走，往往嘴角露着笑忽而却又哭起来。而当时阳光是很好的，又有刚刚抽新的叶子，全身一气的清爽。可是我却眼泪横飞，甚至哭得啼啼嗒嗒的。如果某个人骑着单车在街上游走，他会发现这样一个使他纳闷的女人。

我不敢去回想那种气氛，那种猛然涌来的悲伤，还有边哭却无人知道的自嘲和轻松。一个人流浪着，在那人潮里找不到方向，用克制和下沉来继续着前行，需要流泪来宣泄，也需要喊号子让自己振作。

有某些瞬间，心里也曾多么愉快过。想和每个天空中的水分子对话，在早晨向它们问好。

总有一天，当一切要沉于宁静，你会想，就像爱上疼痛地想：感谢这一切的灾难和喜悦！

经历漫长岁月的人，都会是满载而归。

2009年2月21日 星期六

## 车道的尽头

某年去过一次福建的福州，一个省会城市的火车总站，到了晚上九点半整个车站竟关闭了。每一盏灯都要熄了，每一道门都要锁了，每一扇窗都要合了。这个庞大的车站就此沉寂在夜色里，就如一个神秘人物的后花园，在晚间不许人来打搅，他得休息。

这使我意外不小，在我所走过的和知道的城市是不可能发生的事，就算是一个极小的站，它都是人流不息，不分白天晚上的，就算车不在这里停站也是要路过的。而这里是怎么一回事呢？

朋友从空寂的台阶上走回来，远近只有他一个人影，他的脚步发着回响，那身后的大铁门早已经沉重地垂在地上。朋友大声地朝我说：那是因为到了海的边上，再走就进海里了。这是头，没有车辆再从这里路过！

我失语地站在灯光昏暗的广场里。

2009年4月15日 星期三

## 为什么要离开

我要离开我曾有的家。那邪恶的力量就像一枚再也无法遏制回去的发了芽的种子。我脱离，脱离，就像这样才是我活着的使命。我用尽力量的走路，就为了离开。不管是森林还是田野，不管是热烈还是冷静。那种离开就像是一场狂浪繁华的喧嚣。

我远远地看到自己像是一个分裂了的人。我看到了自己那种莫名其妙的能量，看到了那种凛冽和疼痛时的狂喜。甚至说离开就是为了静止现有，为了逃避温暖，离开就是为了像烟花炸开。

我是受了怎么样的伤害变成这样，我为什么视温暖为耻辱？为什么要砍杀期盼？

我的核心意识一定是疯了。

他给我的那里面是暖暖的生活，有妈妈，有台阶和苹果花。我保留得太完整，所以，走得也最绝对，破坏才是生命最重要的意义！我在他勾勒的绚丽里奋力地前行，离开，离开，穿越所有的未知，穿越所有的新鲜，穿越所有的温暖，让冰冷和风雪都打击进身体，击碎细胞的缜密。让我感觉活着吧，如此凛冽的。要走，从光明走向黑暗，从繁华走向单一的白。一路穿越缀着冰屑和紫花的树。

当我明白便是含了一眼的泪，我亲爱的人。

破坏是我神一样的歌，冲破生命羸弱的完整，让自己欣然上路。

没有什么人能够知道为什么，我唱着自己古怪的歌。

2009年2月21日 星期六

## 将去

总得有个交代，总得不要再让它活着——才能放置在某处——这样，你也好继续前行。所以有时候要敢于勇敢地铺开，要砍砸致其绝望或摧毁，要时间之手来漂白——使它安详或消亡。

2009年3月20日 星期五

## 逗号句号

有段时间爱上句号。哲理。轻松。这些天又喜欢起逗号，怕被句号给打劫了，想让它一直逗号下去。于是意识到，潜意识里害怕分离，害怕戛然而止，哪怕是啰嗦，哪怕不精彩，也要继续。

2009年2月22日星期日

## 教堂的钟声

每天午时不止的钟声很使我着迷。当敲响的时候就会使自己静止下来。我会努力地、全然地听尽这钟声里的所有内容。以前没有真正听过钟声，倒是听过庙堂里的钟，它时常挂在庙后面的空地上，用一只棍子打击出来，它是清澈和悠长的，一声清似一声，就如一只可以钻进石缝的柔韧的虫子。而教堂里的钟声却只是在电影里听到过，钟一响，画面可能会放在那群在天空中飞的鸽子身上。

此时听到了真实的教堂的钟响。它是混合在一起的，就如一场混乱，人在如潮水中四处涌走，是层出不穷，是整个罩于其中的警觉，就像一个午睡的人忽然跳入一个非生活化的空间，他没有了天地没有了左右，失去了自主，在这四面八方的撞击中成为一个纯粹的无意识的颗粒。

教堂里的钟声给人的悲哀是来源于它的细密和无孔可入，它是浑然的一个整体，是内容的事件。你若落在事件之中，你便是被震动的粒子；若你在事件之外，你就只能视它为一个完整的存在。你只能要求自己无视于它，因为你救不了它。

在我第一次认识钟的时候它象征的是时间。其实时间不是悲哀，是庄严和不可逆转的，我们误以为是一种悲哀，而当你放弃逆转它时，它便成为了庄严。

教堂里的钟与别处的钟是不同的，在我看来它的意义仿佛重点放在覆盖上，所能触及到的距离，都是某种接应，接应一种抚慰和宽容，是一种厚实的质感，是一种神秘，一种神网恢恢的天眼。它使你在瞬间得到清醒，明白自己的裸露和弱小，是一种因被神怀抱而生出的热泪。它暗示了你某种宿命，宿命是不可逆转的，因而成为庄严。

这应点的钟声将每一天分割和调整，它会成为你的一种盼望，并且，又总是如约。

2009年3月17日 星期二

## 错节

他频频出现在我的面前。他说要给我照相，已经说过很多次。他的相机从别处取来放在那里，一直等着。一个年轻清瘦的大男孩，满腹都是不能做食物用的古怪的情绪。

其实我不想照相，虽然他说，你很好，在阳光下，在晚上，在野外，还是在房里。

可是我不想照相。

我不想在照片里看到自己，我觉得我已经不美了，怕他看到我比较难看的模样。我总是想逃，哪怕浅薄成一片烟气飘散着也好，所以，天天在房里的日子其实是我心愿的折射，我感到自己灰暗而虚弱。

不想再照相了。如果不微笑，照片里的人会使我跌入沉重。如果微笑，已不是微笑的时空，面对他，怎样单纯。

于是，矛盾就这样产生了。一个持着相机在等，一个却在畏惧镜头。爱情常常遇到这种境况，彼此心灵在不同的季节里，这样，即便是面对面地站着，也都是未能遇到。

2009年3月20日 星期五

## 阿呀小姐

一个女人“哈”，去到一个女人“嘻”家玩，家里还有一个女人“呵”，房里共她们仨。她们三十多岁的人，哈穿得却很年少，裤兜里的手机缀着巨大的玩具挂饰，是一个长腿长臂的卡通毛兔子，都搭到她的膝盖下面去了。她们在厨房说笑着做饭，所以来回走动时总是要碰上，然后再让开。哈和嘻是主力，呵退到一角，只做大惊小怪状。哈和嘻碰在一起的次数有五次，她们的对话是这样的：第一次碰上了，哈说，呀！你比我高！你讨厌，你为啥这么高？第二次又碰上，呀！你的屁股这么小？！（羡慕）你看，我穿裤子就这儿难看。第三次碰上说，咦？等等，（放下手里的菜，扎着湿手。）你的皮肤有点干。第四次碰上，呀，谁让你离我这么近看我了？有没有买票——挂号票。第五次碰上了，切这么粗的条子？装，装，本来就是装，一装他们就信，错了也死不认。嘻嘻哈哈呵呵，嘻嘻嘻哈，哈，呵哈哈，这么丑……奇怪，特……

这就像鱼儿游走在湖的水面，吐出快乐的泡泡。鱼儿快不快乐？人只能看到水面上闪闪浅浅的水花。

2009年2月22日 星期日

## 一个人的战争

躺在那张床上。想着无数次朝自己望过来，只一个姿态。不管窗外阳光的线到了哪里。从白天，到天黑，幸好在每天黄昏远处钟声敲响的时候醒了一回。我知道，在这一个漫长的下午做了很多的梦。醒来在总结，并且知道，为什么会梦到它们。紧张又觉得得救。怕后悔又在劝说。这就是梦里全部的内容。晚上七点钟才从床上爬起来，如果很饿，又起不了床，自己就会死掉。

一个人在吃火锅，坐在那张圆的大桌子前，可以一直不说话，把各种并不很鲜嫩的菜放进锅里。菜是从各种地方取来，有在盘里，有在袋子中，还扎着口，那是昨晚剩下的。昨晚，我与一对情侣在一起，最后，他俩留下了这些菜。人却只剩了我一个。

这样好，可以做许多事，又一言不发，闭着嘴。不必接应着对外界的招架。开始找碗，坐下来，吃。把剩下的那些生菜、白菜、粉条、鸭血，还有蘑菇一一地放进去，开大了火咕嘟嘟地煮。房间沾满水汽。四围的玻璃，由此可以像窗帘。水雾蒙蒙的样子可以挡住可能透进来的注视。一个人坐在被水汽捂住的厨房里，不停地吃，不必抬头。

还有一只鸡爪，半根火腿，想着今天还是吃不到它们，要等到明天了。昨天他说，鸡爪叫凤爪，猪蹄叫猪手，人们多含蓄。

她就倾着脖子，眼神有点浑然。我猜她在继续想其他相仿的例子。他看出来，上前拍了拍她的头芯。我乐呵呵地瞅着这里或那里，一派故意弄出来的兴致的表情。

她怀孕三个月了。她看着他的表情，她总是看着他的表情。她说，男人就是醋放得多，因我说他的菜有点酸。他瞅她一眼，而后无故地自己浅笑。没有道理的话，我们都知道没有道理。

所以说，他们相爱。

被一种古怪所诱惑，就想自己寻找些为难来。然后钻进去，只要能受得了，就觉得想那样。翻译成通俗的话就是，自作自受。

吃了一片脆脆的生萝卜，取了小壶的水来到电脑前。夜在继续着抵达它底部的深度。而我便像一个刚入伍的兵，带着绝对的状态，准备赴一场只有孤独没有硝烟的一个人的战争。

2009年2月26日 星期四

# 第五章 第二十三日或二十七日雨后

## ——每一天的每一天

没有什么可讲的，其实什么都没有发生。某年某日，自然地笑着，数着树上的叶子度过美好的每一天。我要看到它的清晨和任何一个平凡的黄昏。

## 一条叫彝的鱼

在很多年以前，我一直想写一个故事。有一幕在脑子里一直放不下来，它就如我亲眼所见。那是一片海，和海里的一对人鱼。她与他在海底牵着手游玩的时候，有只巨大的，就如天顶踏裂的铁钩噗地从背后扎进她的身体，水被剧烈地灌压了一下，她那长过脚的头发被震得在水里陡然一抖，然后又散漫开。它太突如其来！这是一场都来不及想象的灾难。血瞬间蹿出来，在她四周像纱一样迅速殷红，氲开。她被倒钩着速猛地往水面上升起。她张着手，眼睛里是一片浑然和噩梦来时的涣散。

那男鱼，与她相挽着的她的男人在一声啸叫中追逐，跟随。她的手在他的手里脱落，眼看着她在血漫中向上飞升。他的脑子里永远地留下了她那瞬间涣散着瞳孔和被飞升着的身体。

她被拉进一艘巨轮里。带到了水之外的，叫作空气组成的世界里。

他于是在某一个夜第一次站在海面上，一个与外界世间全然不同的生灵，站于所谓叫作人类的世间里开始了他异常坚定、凶险、孤单的寻找之旅。

我在那个年纪，也还只是一个二十六七岁的女人，每每我想象到那叫作彝的男鱼，想到他在茫茫的人类的海洋中寻找叫作钎的这个女子时，我都心跳得疼痛。叫彝的男鱼遇到阳光就会失明，只有在晚上才能看到东西。他的身体受外界刺激就像患上了毒瘾似的疼痛，脑子中又被外界信号的影响产生剧烈的幻象，他几乎等于天天都病着。他在巨大的楼顶上贴着冷风和黑暗，孤立无援，还看见他闯入一个永远也走不出的游乐园，我几乎想要号啕大哭。我被他的壮烈和无助所感动。

他找不到那个与他在海中携手游走的女人。他为之而进到一个荒诞而恐惧的世界。他看不到自己的渺小和无力，他只是被自己的心驱使着前进，虽然在某一时刻也想要逃脱却又不得方向。

他还曾在一个清晨爱上一匹同样迷失在城市街头的马，他走近它，小心翼翼地去抚摸它柔软的清新的红毛。他们相似的孤独在这全然陌生的人类世界里显得尤为慑人心魂。但它们还是不能言语。你还是你，我还是我。

他坐在高塔上，用手势来遥感可能接收到的她的信号。而塔下，翻滚着重重的凶险。塔下的人们也听到了海声，那是因为男鱼在想念故乡。那遥远的、神秘的海。

这么多年，这个故事我一直没有写下来。可是，叫彝的男鱼却在我心里游走着。他一直在寻找那个被掠走的叫作钎的女鱼。我为他坐卧不安，他折磨着我的心。他一直没有停止寻找，在这个不属于鱼的人的世界里——一个被夹击遗弃在广袤的人类陆地上的叫彝的鱼。

2009年2月27日星期五

## 部下

有某种人他看起来是强大的，他与你为敌。你甚至觉得他永远是阻碍，当你进入他的领地就会不自觉地感到头痛。你如何与他周旋，他都像是英雄。

而当你真正地不再理会他，绕道而行时，那种落寞和害怕就会围绕于他。他开始点着蜡烛等着你来敲门，他摆好最好的宴席并着两膝。他会夜夜思考如何再与你搭建联系，并且可能一夜白头。

那是因为，他是一个穷苦的人，你是他的体面和光明。他曾是你的部下，一个真正被主子遗落的人，他的无依无靠会明显地镂刻在影子里。

他在月色下望着远方，他卸掉了盔甲，换上了粗软的麻衣。

2009年2月28日 星期六

## 交出武器跟我走

他用吃过肉串的铁签子当标枪，那尖利的铁签触目惊心地甩脱出去，啪地扎在衣箱柜上，那是一面壁柜的门，木质的，有点年岁了，是一种荷花白。她大叫着阻止他，他却更肆意，一道道铁签穿透门面的尖硬，无比残忍地使不能流血的木面发出干裂的响声，一个又一个黑色的孔楔进去，有的铁签钉在上面，他于是混乱地大笑，落在地上的，使他又激起斗志。这种连续不断使那扇略老却光亮的门面变得丑陋而恐怖，它将永远无法去掉那惨烈而羞辱的伤痕。它只能携带着，要面对所有目视它的人。

她天天贴着那扇柜门入睡，有时候睡在柜门里面，她不敢触到它的伤痕，耳朵里总是传来啪啪声，还有铁签落地的声音。

她和他面对生活的陆地，每次遇见，都是一对不朽的斗士。他在迫切地想要什么？他癫狂着眼神，是自弃，还是绝望，还是另一种热爱的呐喊。楼底的距离与自己有多远，那枚冷冽的利器是否可以灼伤了眼睛。房间很浓重，就像坚硬而冰凉的壳，残杀和折损着圈锁在里面的两个无辜的灵魂。

刀戈暗器是他们爱情里唯一余留下来的表达。

彼此不容，彼此不放。

2009年2月28日 星期六

## 买鸡

去年秋天，妈妈说要自己炖一只鸡吃。我带着妈妈去新世纪商街买鸡。它挤在一条狭长的商铺小道上，卖鸡的女人站在笼子前面。鸡笼是贴着墙做的，有几层，高高的。

她说，要哪只。

妈妈说，随便拿吧。

女人把笼子的一只小门拉开，朝里面伸进手去。她并不往笼里看，脸依旧是朝向我们，在和我们谈价钱。她的手在笼里摸。

那笼里有十几只鸡。动物的面目我们都只能看个大概，不会分析它们细微的表情，所以在我看来，它们既不惊慌，也不打蔫，它们恍若无事地望着外边。当女人手伸过去随便要拿一只出来时，它们只是觉得碍事似的把一只腿抬高挪到后面一点，那情形就像人在火车上坐着，对方要从他座位底下拿行李似的，只是挪挪腿——不要碰脏我的裤子哦。女人已摸到一只鸡的腿，但鸡自己扭扯了一下，扭扯到一边，她就又摸了一下。那些鸡显得有些拥挤，它们叽叽咕咕地在低头讨论这只手，又一只表情相同的鸡被抓住了，然后顺利地被拉出门来。她拎着给妈妈看。

妈妈说，就这只吧。

于是女人蹲下身开始对这只鸡采取行动。

在那鸡被拽出鸡笼的时候我专注地注意周围的变化，是否会有一种预兆或者警示呢。我什么都没有发现，觉得一切都在平常中。

但偏偏为什么是这只鸡？是靠什么来安排的呢？

要我到底相信什么呢。

2009年5月5日 星期二

## 人的方向

我在二十岁的时候，一个长我五岁的人来给我治病，那时候知道他是本科毕业的，在我们镇子，真正读书出来的人都受到尊重。我很尊敬他。

他总是在下午，沿着一条叫作滹沱的河，需要走一个多小时，顶着烈日来给我治病。他的身形很瘦，表情收敛恬静，从不说多余的话。他总穿一件衣裳，长久不换，上面印着叶倩文的“潇洒走一回”，但又不像他的性格，或者他的潇洒在同一个层面，而不是在举止上。现在看来，他仍是一个十足的年轻人。他在街上看到我时会从朋友开着的摩托车上站起来，一股意外的惊喜。

因为时间坚持了很久，每天都是我和他在房间里，大人就心里生出了心事，以为他喜欢上了我，于是大人就和我说，如果给我治好了病就嫁给他。这是一种莫名其妙的许诺，看起来很古老。

我未能爱上他，因为他一来我就想到自己是病人。我想也许他和我一样。他并不管别人怎么理解，哪怕包括我的父母和我本人，他只是一味地想让我腿好，实现他对中国传统医学上坚定的信任和对我这种现状的不甘。他的眼睛很纯洁，我无法用比喻来形容，寻找这个词用了我几乎七八个月，最后想到，他的眼睛就像深蓝的天空，没有云彩的那种深邃的蓝。后来在许多个月之后，他丢下了工作，到四川青城山寻找真谛了。他的义无反顾使人们知道他是一个多么坚定的人，他曾是大山里的孩子，读到本科，找到工作并不容易。

我和妹妹在野地里走，我摔倒了，蹲在地上不起来，实在想哭，我很想他，妹妹也哭，她也想他。在我二十岁那个年龄，也许因为某些封闭的原因，好像晚熟，整个思想很零乱，还没有形成自己，是他使我确定了一些最根本的人生观念。我知道他就像我的父母或兄长一样重要。

因为他走，我总是哭，觉得无依无靠的，像一个没人圈养的小猪。

他曾站在我一步远的距离让我走向他，让我空垂着两手，不准依仗。他对我就像孩子，说，看，我手里拿着苹果，只要你迈一步，就可以拿到。

我鼓足勇气蹒跚而行，他就一点点向后倒，总与我一步之遥。

我总是摔倒，总是摔倒。我在他面前摔过最多。

他一下子从我世界里消失了。那段时间生活没有了核心，就只剩下想他的时候哭。

后来，我收到他的信，他说，他一直不相信我的腿会好不了，他说，他觉得我不是那种腿不好的人的样子。他说他去外面寻找解方，一旦找到，他会马上回来。

后来他带回了一个有共同爱好的女人，那时候我先结婚了。他们跟我们走在去新房的路上，是那个女人开了某句玩笑吧，他竟抬起小腿笑着轻轻地踢她，我忽然想到他还有另一面，只是从来没有在我面前露出过。

他一直沿着自己的执着追求而前行，回避喧闹。在镇子里不久，因为他个人的追求又被迫离开。他去了运城，我曾和妹妹、姐姐一起前往看望，他还和从前一样，宁静并舍我，不多议论，很敬畏一切，走在街上是这样不声不响，两肩上搭着灼热的阳光。

他是一个在一段时光不求任何回报而给予过我的人，更关键的是在我最需要哲理的时候帮我确立了看世界的视角。我的心灵的瓶子里装的都是他给的礼物，宽大、清澈、坚定、尊重未知和存在。

这是位像圣僧一样纯净的人。他是我进入社会的第一课，很幸运，是善良的一课。

意义非凡。

2009年2月28日 星期六

## 在病中

他说一个人要有爱别人的能力才是一个完整的人。严格地说，我总觉得缺失了这项能力，或这项能力的某部分。所以我总结出我大概一直在病中。

2009年2月17日 星期二

## 妈妈的舞蹈

爸妈是今年春天搬到太原来的。前些时候妈妈早上去晨练，慢慢地参加了一个老人的跳舞活动。我一直没有很在意，虽然在平时，家里人都要故意鼓励着妈妈，说这样的活动是有意思的。今天那个队要去外面比赛，因为明天就是十月一日了。是在晚上的时候我醒来去洗手间，妈妈随即也跟着出来，她到我房间里去看时钟，而后说，呀，才三点钟啊。这说明，妈妈一直没有睡好，一直怕误了时间。我睡后，又有好多次听到妈妈房间里的动静，这个时候心里才隐隐地痛起来。我的妈妈为了不值一提的一场比赛一晚都没有睡好。我说不好为什么痛。

妈妈去比赛时，好像是带着艳红的花的，然后用卡子别在头上，她又叫醒睡着的我，问我的抹脸油怎么用，她一遍遍跑进另一个房间把我的抹脸油拿过来让我识别哪个是增白的。妈妈的头发很白了，据妈妈说在队伍里这么白的头发是很少的。并不是妈妈年龄比她们大，只是妈妈在好多年前就坚持着不染发了。可是昨天妈妈就一直说要去买假发套，我说和妈妈一起去，我可以用摩托带着她，但是她又推诿着说她太累了。其实更重要的原因是妈妈有些不好意思。

今天的比赛妈妈她们并没有被录用，说跳的时间太长了些。我在吃晚饭的时候感觉到了妈妈的失落。所以就遗憾着，为什么今天没有去看妈妈跳舞呢，据说妈妈在队伍里跳得是极好的，她是从红绸子队跳进绿绸子队的，绿绸子队是可以参加比赛的，红绸子只能做表演当然要低一截。妈妈在家里给我们练过，她就像一个小姑娘一样快乐地笑着，身子也灵秀多了，脸也显得精巧了些，我们都赞叹艺术是有感染力的。可是妈妈在队中的样子我未能看到。

妈妈在年轻的时候并不漂亮，嫁到爸爸家的时候，别人对她的赞美是，一个好劳力。但是妈妈在未结婚的时候是上台演戏的，她演李玉和，很阳刚之气的那种。后来妈妈在爸爸的村里又做过几年老师，又在一个沙布厂做结线的工人。来到山西在大山上妈妈做过清扫工，到山上捡过石子，下到镇子里又当过阿姨和老师。妈妈的嗓子很好，有时候会带着我们在大野地走着玩的时候大声唱歌。妈妈是一个非常快乐的人，一直像男人似的做派，大方，直接，磊落。她一共生了四个孩子，我们姐妹三人还有一个弟弟。妈妈一生性格刚直，又很聪明，所以在家里人人都听她的话。爸爸是一个不爱管事的人，妈妈就天天操很多的心。虽然事情看上去是这样的，但是每每想起妈妈这个人，就像会想到一个委屈了自己，辛苦而忍辱了一生的人。忍辱并非单指妈妈，大多的中国女人，在妈妈这一辈，以及更上层的一辈辈都是这样。她们有着非生命似的忍辱，灰暗了和压制了自己的一生，所以才有了儿女，有了家庭，有了平安，有了看似无事一样的清晨的到来。

妈妈很失落。我说不来什么。人的一生未必要做多么有意义的事情，只要在意了，平稳地把一生度过了，就叫做好了。其实说来，平凡的人一生是做不了多少事的，只要将自己填充得满满的，不管是肚子还是时光，也就行了。我是一个常常疑惑着的人，天天要在一些事情中得到什么，才可以让我这如水的时光流得坦然。

妈妈失落着。今晚她早早地睡了。我仿佛感觉，她是想在舞蹈里展现什么的，也许她自己都不很清楚。

我等着九月重阳节的到来，一定要去看妈妈舞蹈，看她站在众人里，我要用属于一个女儿的眼睛去看众多妈妈里的自己的妈妈，一定用心地将它记述。

2007年9月30日 星期日

## 我们的目标，我们的爱

有一位朋友，说不好是怎么一回事，虽不常见，但一说起话来就会使我吃惊，因为他的文字极佳，我总将他的话存下来以备什么时候拿出来用，一遇到他，我便不自觉地成了哲人一样开始说话。他也曾作过一些诗，又喜欢探究生活之要秘，因而，大概在他的世界里事情都会变得多了几层味道。

据我看那是一个性格华丽的人。听说最近他总是搬着炒股的书看，想不来那炒股的书如何能够好看得了？这份压制他本人性情的工作不知他是否能够坚持如一。那一次在网上遇到，着实觉得他的几分无奈，我便怀疑他对这份工作的热情。

他便回我说：我甚至是崇拜你的，你找对了自己的行当，他是指我在搞自己的文字创作。这话无疑在说他对自己的工作并非是最满意的。

由此我便想，人们选择自己的目标在本质上是有不同的。

有一种目标是发自内心的，那么它就会有无尽的后继力量源源不断。还有一种目标是苟且的，是为了生计或为了荣誉而去做的，它可能不是自己热爱的，而这种情况往往内心时常在克制中，一旦松弛就会有丢弃逃跑的可能。

这使我想起了最恰当的一个例子，这就如一对夫妻的婚姻，有一种婚姻内里是热的，还有一种婚姻内里是凉的。它们看上去没有什么不同，但本质的区别在于，一个内心是热的人，他是不怕遇到困难的，他在享受这个过程，他会想尽一切办法继续下去的。当然凉着继续一辈子也没有什么不可能。只是，热是一种生活，凉是一种操练。

我的这位朋友大概便是凉的行当。因而，炒股与他就如一对不恩爱的夫妻，他就会时常用一些大道理劝慰自己说，我和她在一起是受到众人尊重的，我是要履行家庭的责任的，生活是要继续的。他需要时常说服自己，自毁了一些能量。

冷热的不同便是天壤之别。芸芸众生的状态基本便是用冷热交织起来的。

为着这份凉凉的爱，他几乎没有心思再去写诗，因为在股票里他的一收一放都会直接牵扯到经济。他显然看起来很忙，说这个月涨势好，得抓住机会。又说，需要把那些炒股的书都看了。

一个闲情雅致的人一下子将自己置于慌乱中会是怎样一个荒

唐的模样？或许他真的再也不去想作诗了，或者他真的变成热的模样了。有时候如来都无法辨别真假猴王，我们又如何能看得清呢。唯有其中的人才知道自己或凉或热的温度，但还是无法逃脱其位的，因而我们才看到一幕幕的悲欢离合，那些难以割舍的，那些痛彻心扉的真情假意，我们生活在了这个光怪陆离、无法辨别的社会。

起初是源于什么呢？——我们走得太远，忘了最初的模样。

2009年2月28日 星期六

## 他穿的皮鞋

我注意到，有一个人总是穿一种类型的皮鞋。他看起来男孩子气十足，并且是停留在已经过去的那个年代。他的皮鞋上面总是系鞋带的，鞋头总是被压制出针脚的线路，而且总是需要几块皮子才能轧制组合起来的。

所以我想，他的内心是厌恶成熟的，或者厌恶一种成熟的心态，比如司空见惯或者冷酷的从容感。他不想从容，他厌恶从容背后的无情。

所以像这样一个男人，当他永远穿着这样的鞋子，已近三十的年龄仍要如此下去的话，那必然是逆境，因为他没有顺从自然。他停留在大男孩儿的情结中，拒绝成为成熟男人。

和自己过不去那是自己的选择，而对于身边的人才是一种苦难。他们所望到的都只是一个执拗中的人，一个无论如何培养都不成长的人。他依恋在自己的理解中，不得前进和开拓。

我想，如果我一直是在他身边的一个人，我会寻到最好的一个机会，悄然地告诉他要改换鞋子。要鞋头光亮亮的，就算不喜欢也要试着穿，而后，他就可以在一条丝线的牵引下滑向一个成熟的男人。

所有顺境会顺着他的鞋子而悄然孕育。

如果只能是如果，我只朝他脚上望望，没有人和他说。

2009年3月5日 星期四

## 碎语

有些人可以去这样总结他：一个自豪在自己羞辱里的人。

2009年3月7日 星期六

## 杯中的花园

丢了九朵玫瑰花蕾在杯子里，又沉了一小撮绿茶，开始冲上水。故意找了一只透明的玻璃杯，想望见里面的内容。

茶与花自然分开，花在漂着，茶在下沉。绿色重叠而积累起褶皱，上空映着花影，营造出幽境还生的空息。那是它们各自的位置。

每拿起杯，都要深情凝望。有种不心痛的忧伤与沉默在杯子里湍积。每喝一口都充满敬意。那西式的花园，幽深又清远，里面仿佛有飞落下来的女神，她们往往站在太阳的一角，把一缕纱样的阳光射在裸着的脚面上。她们几乎都没有言语，怀想的都是自己的爱情，因不关照别人，显得孤僻，离群，因而不喧闹。她们冷落而深刻地凝望，并总在丛林最深处。

想，天天饮九朵玫瑰花蕾会变得举止悠缓，身体会散发某种情怀。

人若心已蓄着生情的准备，一杯水都能蛊惑自己。

2009年3月8日 星期日

## 过去就是得到

有种感悟是从我挂生活照片想到的。我想在客厅那面墙上挂许多自己的照片，最好它们充满背景。我想象到当整面墙挂着自己的相片，从儿时到现在，和某个男人在一起，和某个女人一起。你天天走于这其间，你会感觉到，过去就是得到。

它是实物，可以摆放在箱子里，只是我们没有能力在空间里伸出一只手去任意取拿。

我们不能单薄地只生活于眼前所看到的现状里，只看到绳索上正在燃烧着的着热点，那已燃烧过的，它的炽烈、声响、光度和变幻都是我们曾有的。那曾经陪伴过你的人，那些荣誉和追悔都是我们的。

我们要很踏实，要很从容，要笑呵呵地端着菜盆路过它们。我们拥有这么多，许多的朋友，许多走过的心仪的路，许多的过错，许多曾握在手中的草或石头。它们都是我们的，我们不要嫌弃它们。

它们都是我们的，它们和未来都是一个整体，都放在你的系列里，没有断开。时间不多，要把它们弄好，要精心。这就像是一盘还没有结束的棋局，还有翻盘的机会，收着过去，走好前方。

我们不要放弃！还有一秒的机会都要搏击，何况，我们有海一样多的每一秒。我想我们最后的成功就是，安安心心。

2009年3月3日 星期二

## 穿越在很多道门里的貌似苟延斗艳的灵魂

人的睡眠有时候就像电量不足。你会明显地觉得两鬓之间的内部缺某种东西，就如缺少了空气，需让它饱满起来才行。所以一边睡，一边常想一下两鬓是不是饱满了，如果满了我就可以不睡了。

第二天起不了床，仍在睡，上午有友人给我发信息，她好像想窃听一些我的私密，仿佛这些与她有关，难道说她担心我抢走她的男友之类的吗？有点这种怀疑的倾向。中午挣扎着起床，相对而言还算是吃得好的，煮了大米，做了一个葱头炒鸡蛋，另外还热了玉米粥。这样忙碌了一阵子，回到自己房间还是未能躲过继续睡觉的结果。我先是坐在床边，两手空放在膝上，眼睛瞅着四步之遥的电脑露出楚楚动人的依恋之情。不好说是什么时候，缺了觉这样变本加厉地一次性来讨要。

又躺下，先是努力翻着书，等着彻底的困倦来袭。我一向是一个依从身体的人，不与它争执，不强迫它做不情愿的事。有时候你要这样想：身体与思想是两个人，是要相互尊重的，无论从哪方面说这也是素养的表现。

躺在这间房里，当我安静的时候一切都是安静的，所有房里的物什都不会发出声音。我侧着身，略蜷着身体，看起来有一点像个受伤的孩子，又像一个睡在摇篮里的人。呼，又吸，呼，又吸，在这几间房子组成的空间里只有它是一种反复并活跃的存在。

安静有时候是一种音乐，一个人独自睡着，并且沉在深深的深深的梦乡里时，你会为了这无声和归顺而感动。

后来，外面好像下雪了，下得很无助。因为春天明明已经到了，天空的雪就像一个患了虚咳的人，零零散散地咳出一声声无底气、无撕裂的善良的碎絮。这种无力有点像迁就，又像是在迷迷顿顿的梦里，像睡着的我。

手机又来了短信，短信是水滴的声音，嘟地滴在青石上的声音。手机恰又在杯口上平放着，杯子空着，所以又有回响。短信里是一个迟些的说明，说窗外下雪了。这个短信没有起丝毫作用，它被埋没在遥远的梦都。

直到晚上七点四十才又醒来，窗外已经彻底黑了，我有点想不过来这是一个什么时间，早上还是晚上？心里恍惚地要飘出一丝孤独来，但又好像是喜悦的。我时常是一个诸多情绪混杂在一体的人，单一说一种总是不像。

在床上躺着，想一些事。关于人可以睡眠这件事。在我睡着的时候是忘了自己的。人可以忘了自己，而且可以忘得彻底，去到一个你从来都没有提前预想的地方，在那里你开始了生活。再然后你会忽然一下子，那些事又全都收走了，你又想起这边来。可是在复苏的同时，那边的生活又全死了，如果幸运印记还可以留一丝，但里面的感情却都抽了回来。

如果人不是从生下来就会睡眠而是在长大之后才猛然学会的，那么，你一定会因为这一现象惊叫不已，你会激动地讲自己曾去过哪里，见过什么，和谁说过什么话。你会因为有那样一个灵异的空间而着迷，一点也不亚于对爱情的迷恋。我记得有一段时间，我就把睡觉当成了生活的温暖。

我睁着眼，一个人躺在床上默不作声。我的床头柜上的镜框里放着我几年前与两个女友的合影，那位年轻的现在生了一个女孩，年长些的也老了许多，也衍生了很多事，转折了很多事。我想不到我生活里的诸多变迁。我想，如果知道世界可以有出去又进来的地方，如果相信凭人的感知就可以允许很多空间的存在的话，那梦一定就是一个出口。人会因此了悟很多，也能脱离暂时的那密不透风的痛，暂且它又不像死亡那样彻底。

我在房间里走着，把每盏灯都打开。我想着自己的年龄以及所处的年代，恍惚地觉得，也许有很多的我，在这个世界上活着，长得一样，性格相同，也有相同的父母兄妹，但我们永远不会见面，只是在自己的空间认真寻找出路。

我还想到，人有床，有被子，真是好。它是我们成人的摇篮。

**2009年3月8日 星期日**

## 拾零

做一个内心强大的人，意志再坚定一点。

人会渐渐地觉得，社会是不需要跟从的，可以保护着自己活在自己的时代。

2009年3月10日星期二

## 海

那一次在海边，是刚下过一场好大的雨，并且还在下。天是黑的，是夜。我并不了解海，所以见到它就以为可以异样，允许异样。所以我便在哭。就像一个人在荒野第一次独自望着巨大的烟花，也会哭。

雨水把衣服淋湿了，我面对海像个没见识的人。它没有向我索要，我就把情绪全拿出来给它。它也许见得很多——像这样没有见识的人。看起来这些人都经不起庞大，经不起烘托，一点点音乐，一点点气氛就破了相。

我嘲笑我的轻浅，谴责自己的渲染。可是，我在哭，真的在哭。那心底里顶出来的悲伤，像春天密密匝匝的草芽，破裂了它的掩藏，她全然成了没有其他，只有慌促的悲伤。我都一时想不来是为什么而哭，就好像人生的命运本来就是踩在浓厚的哭泣声中。天真地在黑夜里无比广大，而后就是海。水涌着，我想要逃，却又定在原处退不回，或者没有水的模样庞大。我因湿了裙子哭，因为手指沾了甩不掉的泥沙哭，因为受了它的藐视哭，因为冷哭。

我哭得哆哆嗦嗦，我哭这世界只剩下我一个人，我哭自己的渺小和柔弱，哭自己的短暂和上天给我的面容，我哭自己的年龄，哭自己的哭。

那是一个全然的黑，混着液体的流淌，因为无限放大——成了天，还有海，你觉得没有了出路。平生那是一次淹没，想起来是一场宏大的温柔的噩梦。

2009年3月17日 星期二

## 某种迹象

把妹妹的衣服挂在衣柜上，一直挂着，从年前到年后。

晚上，把一块儿上发条的小钟表放在床上睡觉，不管时间指示是否正确，只是为听有节奏的走动声。

把自己曾经都是笑着的照片挂在客厅的墙上，其中必须要有儿子的一张。

窗台放着手抄下来的《般若波罗蜜多心经》。

还要搜寻关于家人别的东西，想到妈妈有一件衣服好像在床头柜里团着，有一个塑料小恐龙是儿子在一两岁玩过的，还有一块几年前买的玉石，还有前夫曾经在大连买的日本女人塑像。

它们分布在家中的各处。

我并不知道自己，但某种迹象表明，我依赖它们。

2009年3月6日 星期五

## 第二次讲到桃花——桃枝的坚硬就像建筑

我进了一座桃园。中间是水泥路，并不宽，两侧是干枝的桃树。我努力不让自己的目光被桃树吸走，因为门口有三条狗。

它们拴在路一侧，分别是两条黄狗、一条黑狗。它们在我远远地把摩托开进来时就叫了一两声，但走近它们，它们反倒像是忘了，眼睛并不使劲地瞅着我。觉得它们可爱，总想着在它们那副皱着眉头的情形之下，脑子是在怎么运转的。我故意逗它们，说，喂，你们几个在做什么？那条黑狗从半倒的姿势下爬起来，好像有人惹了它，朝着我又直快地叫了三声，后边那两条狗的前胸以及肚子挺得直直的，脸正正地对着我，看它们的眼神就像极目远眺，极有戏剧化夸张的举止，它们各跟着敷衍两声，没有一点真挚。它们都很傲慢。

远远走来一个女人。起初我并不知道她是男人或女人。女人往往在四十岁上下偶尔会长得像一个二十来岁思想比较干涩的小伙子。看她那架势，那样彪悍地走着，手里提着一支烟，还偶尔抽一口，意识里不存在性别感。她已经走过来，对于我进到园子并不满意。问我要找谁。

我说我来看看。

她就更为不满了。

但我还有问题必须继续问，就显得不知趣，我说：这桃花什么时候开？

她停住脚，侧着身子说，得清明以后吧。这个“吧”字说明她在掩饰自己的不满。

这使我犯愁，因为我还得继续问，并无法克制：大概一个月以后吧？因为清明我也忘了是多少号，又迫于马上知道。

她用脑子想了想说，哦。也许她看到我这种理所当然之后，她那原有的不满情绪遭到了自己的质疑。大概在想，这样一个没有眼色的人！——大概是因为某件事情吧。她已经开始认真地问：你是画画的吗？

照片是正月里我在野外照的，是车兜里驮着大相框在回家的途中忽然想来桃园的，照片上我穿着绿色的民族风的长大衣。

人对于遥远的不好把握的东西都有一份天性里的敬重，大概艺术就是在这样范畴里的吧。因为那车兜里的照片，她竟不很管我了，她只丢下一句：这儿有啥好看的。就自己有点隐忍地慢慢走开了。

那两侧的桃枝已以一种进攻之势来袭击我的视野。于是，我很快被它们夺去了注意力，带到了它们的存在里，一下子我就被它们全部占据。它们扭结着向外平展地伸张，并不往天上长，而是压着地面，形成一个空疏的撑托着的手掌状。如今是早春，难能可贵这样逼真地看每一株树枝生长的走势。没有花和叶子的遮掩。它们那种姿态是超越了一株平常自然生长的姿态，当眼球触到这种意外的走势时就会产生一种舒展之感，这是一种对常规、对陈俗的舍弃，使人体会到一种创意、快感。它们没有摒弃，而是在这种异常中变幻成一种接受，把痛感和威压凝练成一种生命的老到。

怎么表达这种姿态呢？就像一个人在打哈欠的原理，他的手脚身体都是朝向往日不常涉及的那个范畴伸展的，所以筋骨就受到了扭结和拔节，发出咯咯的响声，连耳朵都故意弄成失鸣的嗡嗡声。人在此中感到一种快意。也就是，使它威逼到零点、极限，造就一种视觉上的快感。

美，是向常规之外的延伸。

真是想沿着它们的每一根枝杈一直探寻下去，一株一株，直到满园子的每一棵，很可能你会怆然泪下或者懂得了世界。你会读懂什么叫作挑战，什么叫作艰险，什么叫作惊心，什么叫作微笑。那满园子里一场关于生命的课程。我再不相信绝密的秘诀会是什么绝密的秘诀，那些修行的师父那样为难徒弟不是谜底奇异难懂，而是首先要磨砺出一颗会看世事的心，当把最朴素的东西给他时，他才不会当柴禾随意扔掉。

这些生命的课程由几条慵懒的狗守着，由抽烟的女人行走其中。反过来说，狗和女人只是守着这一堆看似无趣的秃枝。在此刻，也可以说这是一座空废的院子，不具价值。

从园子里出来，风有些大，阳光却很亮。一路都在为那些树枝吃惊，觉得心脏内部还有极其宽远的空间来专门收录这些姿态的印迹。

在这些枝杈里，也许你会感觉到一些严峻和快意，比浸泡在放肆的桃花中更为凛冽，会有清冷和入骨的陶醉。

一个月后就可以看桃花了。想想，还是得看。它是枯枝的补药和抽的烟。

2009年3月8日 星期日

## 他的表演

以前住过一个地方是在城市较繁华的地段，一里之外是火车站，一里之内是城市中央的广场。有一条巷子在繁华之中挤着，显示的却并不是繁华而是慌促和零乱，楼里多半是租出去的，住着各方来打工的人。

我住在一幢楼的四楼，前后的阳台都是露天的，使人随时都具备一种准备和想象，会不会有人时而从阳台上进来。我和小芳，那个照顾我生活起居的从农村来的小姑娘住在里面，我在我的房里关了门，她在她的房里关了门，我们门与门之间还有一间空着的厅。窗外很闹，阳台外传来叫卖声、摩托车声和稀稀松松的说话声，小芳的阳台下是天井，放着几张台球桌子，到了晚上一点钟还会有台球相碰的咔嗒声。

一天，楼上传来口琴声。那是在早上响起来的，混杂在这巷子铺展着的声音里。我在做着某件事的时候猛然听到了，就愣了一下，说，口琴！它调起了我的某种情结。

我的床很大，挤挤大约可以睡四个人，那是租房的时候房里本身就有的。除了床，房里没有任何东西。地面是水泥的，四壁粗糙地白着，窗子上没有窗帘，应该罩着纱的里门也只是空空的一个门的外框。我除了吃饭、睡觉，在房里找不到别的内容了。

从那一天，那琴声就时时响起来。还是有一些曲子可以听出来的。他使我想到我的口琴，就找了来坐在床上吹，声音轻轻的，混在他的声音里，怕也传到别人的耳朵，情形就像一个爱跟随别人的小孩。

可是那楼外的口琴却吹得没有声色，甚至在晚上三四点也会响起来。那时也已没有其他声音与它争了，就真真尖厉起来，那情形会使人感觉口琴要被人抢走了，就像瞬间狠狠地吹最后一口。它急慌和简调，吱咕吱咕这样来回地响。我就从梦里醒来了。

在第二天我就有些难过。

口琴是一个成年男子吹的。而且就这样吹了将近半个月，或是更长。深夜它就像是尖叫似的刺人耳鼓，致使我觉得从此我对口琴都再无兴致了，那口琴特有的音色使我想要逃离了。

也许还会有其他的事要生出来。我隐隐地想。

再后来的一个清晨，又看到自己的阳台上飘着东西，开了空空的纱窗门去看，是窄窄长长的白手纸，它大概是整包拆开的，从六楼一律滚下来，拉出长长的帘儿。早上有些不易察觉的风将这像白绫一样的纸飘起来，沉重而缓慢。纸有着使人追忆的空间的，它们从山间采来，木头浆洗成纸。我感到异样，它们飘着，似是而非地凄婉，又很低沉，就像自己住在墓碑里。

又是一天，楼上扔下一双鞋子，鞋子落在空着的桌子上。楼下是一个饭店，放在外边的这桌子是空的。啪，鞋子飞落下桌面。再然后又是把剪子，张开着两刃，好像是轴心断了，却还连着。我不能使自己在想要知道的时候故意装作不知道，我去到阳台前，看到一件一件东西落下来，茶缸、裤子、熨衣服的板子。大家便在想，下一个会是什么东西？就这样，他的家什一一地被人看过了。或是楼上的人在想，还有什么可扔的呢，后来终于又想出来了，一块面板，哗啦一声，底下的桌子也碎了。

外围的人拢出一个大大的圈子将这件事情烘托出来了，放大了戏剧感。我站在没有包围的阳台上，用以看下面的人来想象上面的人。

人是需要表演的，就如思念了就会唱歌，渴望成为嫦娥就会寻找舞台，想要发疯了，就要让身边的物具先碎掉，用以保全自己。表演是要试量着的，哪种程度就淋漓尽致了，哪种程度还无以表达。若是过了，也会使自己走投无路。可否要让自己走投无路呢？表演是在无法克制下却在努力收回的一种创造。他，是需要表演的，表演需要形式，形式说明程度，程度讲述现状。无路的时候也是一种表演。

又有一天，小米像雨水一样簌簌地下起来。

我知道楼上的人继续在寻找着形式。

小米下到小芳天井的那边，挨着打台球的桌子，那些米黄的小颗粒在水泥砖上蹦跳，流进砖缝里，凉的水泥砖感觉到殷实的温暖了，它在别人的注目中都有些窘迫。人们走过，有点像冬天似的打着滑，我对小芳说，慢点走吧，我们慢点走。我只能看着脚底，不敢将眼光放在前面。

晚上，我在睡着的时候忘了呼吸，有一段时间我常常忘了呼吸，我猛然大惊似的张开嘴大口大口地喘气。我会心跳好长时间，用以分辨自己是在哪里。我已成为一个男子的样子了，不习惯说失望。

醒来想起楼上的人，在想，他一定还在继续想着如何进行下一步的表演。他可以不分昼夜地醒着或睡着，也许他现在正坐在地上，张着腿，连晚上都可以这样在地上坐着，在这个墙角或那个墙角。他是住在自己的碉堡里的。在我看来碉堡和他一样具备着地位。他的碉堡很结实，就像坦克一样。他已经走不出碉堡了，也不愿意别人来敲响他的门。

我在帮助着想他下一步要做的，在帮他想的时候，我就如他一样感觉到世界慌乱的样子。我想也许可以站在阳台上，站在阳台窄窄的边儿上，可以腰间扎着绳子到边儿上走来走去，或是掉下去了却在半空中悬起。总是给自己留些路子的，怎能不给自己留路子呢，他也一定像我这样想。

我们的那个走道很窄，台阶的沿都不平整了，墙壁上落着些许的尘和斑点，有些零星的纸屑在地上时时都有。我和小芳上楼的时候要比别人走得慢许多，扶手上常常是很厚的土，需要垫上报纸一点点地移动。我们天天来往于台阶上，早上一次，中午两次，晚上一次。

我开启自己家的防盗门，那刺耳的声音荡得整栋楼都在响。我坐在厅里的一张烂了的床边儿上，床上放着我零零碎碎的包裹，我望着窗外。对面的楼里，有一件女士睡衣已经晾了三四天。忽然有一个男子出现在窗前，他竟也在看我，看起来他是一个浪荡的人，他向我笑，并且说，嗨！嗨丫头！

我走在撒满小米的石砖上时，心是真切地感到疼了。

晚上的时候想要出去走走，我和小芳站在楼下，不能确定走向巷子的左边还是右边，我们随意地朝向了一个方向，两边的形式是那样多，都能将所有生意说尽了，五金、电话卡、雨鞋、摩托修理、烧肉串、卖首饰项链，等等。

后来下起雨来，并不大，但已经可以使心感到不安了，地面上有些湿，一侧搭着篷布的小店将雨声扩大了，就像蚕饥饿地吃着桑叶。我们一直走着，希望能够走出那条巷子，也希望雨会渐渐停下来。可是过了巷子却又是一条巷子。

小芳穿着红色的上衣，我们站在细小的雨里，她用眼睛看着我，我知道她希望我们能够回家。可是我不想回家。

我能想到楼上的那个人还在处心积虑地想着下一步将要表演的动作，也许在我们看不到的眼中，在他的堡垒之内已经表演了更多。也许在不久，会有更绝对的事情实现出来，让我们感觉到他生生的创造。但也许会偃旗息鼓。我不想再天天为他想象，那个如何也找不到出口的人。

2007年1月10日 星期三

## 八月中秋月儿圆

她从小受父亲的影响，对于戏剧莫名地着迷。父亲是一个剧团的团长，她常看到父亲坐在家里，吸着烟写字。她大学考了四年，终于考上了北京京剧艺术学院，安置在剧本创作的岗位上。

开始恋爱。

恋爱的人是同她一起从山西老家来的同学，他考上了北京艺术研究学院，独子。

两人一起回太原过十一，他们在火车上吵起来，她扭转头朝着车窗，觉得还不过瘾，站起来跑到另一个座位上，故意远离他。

十一之后一起回北京。她在自己的学院住，他住在简易的平板房里，盖着被子大睡。

第二天，他没有醒来。

她打电话给自己的父亲，她站在离他房子不远处的一条小道上，有自行车经过，她只哭，大声地哭，话筒几乎要从手里掉出来。

他煤气中毒死了。

艰难地又过了四年，一个人总想和过去对话。

之后，她又恋爱了，很相爱，并嫁给了这个人。他是老北京人，在某航天所工作。中秋节，他的老母亲来电话说，都多晌儿了还不起床？

他们匆匆地赶往他的老母亲家，并买了大个的螃蟹一家人吃。

终于月亮要上来了。老母亲让她把院子里的小桌子搬过来，放在大桌子附近。

开始两个桌子上都放了螃蟹，小桌子上放了一双筷子，然后老母亲说，你！就在这小桌子上吃吧。

每个人都愕然了。

父亲、儿子、母亲一张桌子，她自己在旁边一张桌子。那顿饭老母亲好像特别喜笑颜开。她终于泪眼婆娑。

他按捺不下去了，争说有朋友约好时间，现在得马上过去。他离开了位置，拉了她的手就往外跑。出了门马上打车。去海神仙大餐店！他这样吩咐司机。

车直接停在饭店的门前，他拉着她进去，气势激烈，就像备战状态地说，我们要最好的螃蟹。一只蟹八十八元，要了十个，然后指着它们说，段梅，你吃，咱今天好好吃。

段梅说，我这辈子没有吃过螃蟹，怎么有福气去吃它？她辛酸地低着头。

那顿饭两人都吃不进去，哀叹着，只空空地坐在一堆螃蟹里。

一年后他们离婚了。

两年后，她有一个证找不到，他的电话她已经丢了，托家人找到，问是否留在了他的家里。

重新推开曾经住过的门，两年之后竟如过去一样，床是什么位置，几双鞋子，包括她的鞋都还如此原地放着。打开柜子，自己的衣服、证件样样未动。就只是床底下多了许多的空酒瓶。

有一天她在吃南瓜，它忽然堵在嗓子眼咽不下去了。她慢慢地靠在床上，等着，直到两个小时后，咕！它们下去了。

她患了肌无力。

怕自己一个人死了别人不知道，所以又嫁了人，一个军人。

有房，有车，有经济。

她把自己最喜欢的作家罗曼·罗兰的书送给他，这是她在最苦的时候、最难以度过的时候捧在手里的书。她帮他做饭，给他倒好水，让他在这里安心地读。他左读，右读，上读又下读，之后他说了一句话：哎呀，这书怎么这么多字呢？！

又一次，两人省下钱去看小剧场，提前吃饭，然后双双在黄昏前奔向某处，那是她最喜欢的事，看别人站在舞台上，穿着某个时代的衣裳，然后朗朗地对白。忽然她听到呼噜声，转头一看，他睡着了。他睡在了小剧场里。

段梅一直想要写出个剧本，一生仿佛未曾放下对它的期望，她如今四十岁了，在京剧院只挂着这个名分，却从未有作品。

她给父亲打电话，爸爸，那个电影是不是应该我写的？爸爸，那个电影是不是说的是我？爸爸，那电影应该我能想到的。爸爸，爸爸。

她时常这样打电话给爸爸。爸爸是她曾经梦想的起源，是她最初性格的塑造者。

有人说，你什么都有了。

她说，我都有什么呢？

2010年9月9日 星期四

## 寻找女兵孙雅宁

事情是这样的。这个人在三年前离了婚，他做的第一件事就是去到北京找一个十多年前的女兵。他待了两个月的时间，可想而知，这样漫长的时间，他是如何翻江倒海地找的。但是他没有找到。那个她曾经工作的供销社现在成了一个超市，里面都是小姑娘，问起孙雅宁这个名字，她们只是摇头。他还去了附近的派出所调出同名的很多人。

一个偶然的机会，他遇到了我。他坐在我的面前，把烟灰弹在没有花枝生长的花盆里。我给他做了记录，若孙雅宁本人能够看到此文，请核对一下实情。

他在二十世纪八十年代初期入伍，被分到东北一个临近朝鲜的叫白城的地方服役。具体在的地方是一个农厂，方圆几百里没有人烟，四处种的是农作物。那里天冷，在冬天气温下降到零下四十摄氏度，人的脸被冻得一年四季都是两大团红，就像硬伤。寒冬很长，院子里永远堆着不化的积雪，他们因寒冷躲到宿舍里，连早操都没有人组织，这清一色的男孩子们看电视、打牌、下棋、看书，来度过漫长的冬天。因为他是城市兵，普通话说得好，所以他做了接线员，接听一点外部的情况，这也是一种至上的喜悦。他在一天接听电话的时候听到对面接线员的声音是一个女声。对于那种枯燥的生活而说，就如荒漠里的清泉，或者遇到一只神鸟。女兵说："我叫孙雅宁。你怎么说话这么好听呢。"

"因为我是城市兵。"他这样郑重其事地激动地回答。他十七岁，她十九岁。他们的相识就是这样开始的。

因为怕白天占线，他们总是要到晚上十一点以后，他穿着厚棉裤棉袄要悄悄地从寝室跑出来，钻到接线房的桌子下面抱着电话听孙雅宁唱歌，东拉西扯，他的嘴上泛着因兴奋和喜悦而满含傻气的笑容。

有一天，女兵忽然打电话来说，她明天就要离开部队回北京了。她说她的要求就是在走之前能看他一眼。

他当时一下子急了，跳起来就往外跑。可是外面太冷，解小便都会一串冻上来，成为长长的弧。时间也已经是晚上十点左右了，他穿上所有加温的衣服，又套上用动物毛皮做的大衣，整个身子都弯不下来。就这样，他勇敢地出了门，独自一人走在一个遥远的方向，那种执意和绝对是没有人能阻挡的，他根本没有想结果，只是想前行。很幸运，他在走了一段之后遇到身后开来的车。他搭上车，赶了三个多小时的路终于到达了那个军区院子。他一下车就傻了，才想到，他们以为彼此很亲近了，其实从来没有见过面。

那个大院子里站了很多的人，有准备要走的，有来送的，大家都穿着一样的衣服。灯光打在院子里，人的脸被皮帽裹着，这怎么找呢？他整个人受到巨大的挫败，绝望地站在那里。

后来他就在想，既然来了，就要找的，并且一定要找到的。于是他开始在那些女兵里没有依据地寻找。但是，他并没有费太多的劲，因为有一个女兵也在找。她穿过人影，像是很偶然地来到他的面前说："你就是某某吧，你是来找孙雅宁的吧。"可当时可恶的哨子响了，所有人都在往房子里走，女兵得听从指令。来送的人正被要求离开院子。他也看不清对方长的什么样子，他只记得她梳着两个小辫。他说："是我！"

"我就是孙雅宁！"那个女兵边倒着身子往回走，边大声地说："明天早上五点我们坐火车，你去送我吧！"

他大声地喊："好！"

他们就又这样分手了。

但是他误了第二天的火车。他在离开女兵的院子之后，又搭着车去找住处，天太冷了，又走了太多的路，他倒在床上，喝了几大碗热腾腾的水就睡着了。第二天，他跑向火车站，车正好发动。

他在女兵走之后陷入痛苦的思念中。若没有这些事，也许他只懂快乐。他没有她的任何联系方式，今生今世再也找不到了。

一个月后，他竟收到了一个邮包，是从北京邮来的，上面写着孙雅宁的名字。他打开之后发现足足五本厚厚的字典。他不解其意。原来在那个时代邮局是不允许邮递光盘类的东西的，女兵把字典中间一一地挖空了，掏成一个圆圆的洞，每个字典里都放着两张光碟。

他把光碟放在CD机里，他听到了女兵自己录制的歌，一首，一首，接着又是一首。他泪流满面。

他去北京找她。

但是，他不懂男女之事。和她说，我们去看天安门吧。一次，又一次。她最终说，你自己看吧，我要回家。于是，她就把他丢在广场上，微扬着头在浅浅的灰色的天空下走掉了。

有些事情往往是越来越深刻越来越明白，而在曾经，也许根本寻不到解决的方式，只会无措和绝望。

他企图用各种方式寻到她，包括不放弃在我面前这种缥缈的表达。他在等待，独身一人。他拥有别人认为很满足的生活，房、车、体格、相貌。他总是要说一句话：每回天快黑的时候心里很寂寞，不知道要到哪里去。

这位叫孙雅宁的姑娘，若你看到了，请与我联络。他若再一次站在你面前，也许一句话都不说，只是一步步走近，然后钻进你的怀抱里，就算再多的人围观。所有人都会看到，他在啜泣。

2009年2月16日 星期一

## 那颗善良的心

我在醋厂工作的时候认识一个同事，他叫果，他使我费解。我用了很多心思想这件事情，因为用心，脑子都有点疼了。

果看起来不像商业中的人，就如一个做研究的人。可是，如果细想他的思想，总感觉欠缺一种通达，总缺少那么一点通透性和准确度。是源于他的智慧不够，还是心思过于紧张，还是固执或者不自信？

我想来想去，想去想来。用最为精细的划分法去分析是源于什么。我用了一整个晚上分析他。

他有很多知识，他敏感，他善于总结，他虔诚。

可是，他不及旁边桌子前的叫萧的眼力的准确和定位。

到底是因为什么？

我想总得知道才能放下来想别的。

我陷入找不到答案的困顿里。

后来最终想，是源于材质。天生材质的不同而已。果的深度就是在此处了。当一个人看到了它的全貌就会悲悯起来。因为，不可以再要求他。

其实还可以有一种拯救的手段，也是除掉材质的障碍之外唯一可以提升的方法，那就是要比别人更善良。善良是一种最大的智慧，它可以在原有的材质上解码掉密布的纹路的阻隔，使它畅通。畅通就会看见天道。

一颗心的善良就是清澈的真相，是接受和流畅。

略有所悟。愉快。

2009年2月28日 星期六

## 偶尔

真想一声尖叫把自己喊碎，碎得体无完肤，就像曾经是一具玻璃做的人。

2009年4月19日 星期日

## 猫咪取名叫深情

邪恶

深情是一只小猫的名字，把它从卖宠物的街边抱回来，在路上给它起了这个名字。它很小，还咬不动东西，奶也不好好喝，一路上全身抖得厉害，藏进我的衣角里不出来。

只待了半天，我诸多情绪就都生出来。映在它身上的孤单是以身影的弱小、对事物的无依、接受身体的需要而表现出来。它看不到自己的同类，它无法印证自己，它的一生得在一个特定的房间里度过。它的生死只决定于主人的情绪。

饿的时候就得找吃的，困的时候就得钻进暖些的地方。这些，就是它对自己存在之后的一种妥协。所有生命，都得妥协于自己身体的需要。它使它的精神及灵魂受到拖累和羞辱，因为，看见了需要，看见了漏洞，看见了需要时的狼狈。

我想急于表达一种意识，那就是，产生生命的这种现象其实是一种邪恶，它就像宇宙运转中不小心的一个错误，导致生成异变，即生命的产生，它是跌落在世上的。它使空放自在的存在变成了一种局限，有了形体，便有了丑陋，有了可以使人抓到的把柄。我由此对于死亡产生美好的期望，因为，不存在才是一种真正的顺当，而活着才是产生错误后的结果。

对深情来说，是谁让它来到世上？这瘦小的、胆怯的、喵喵叫着的轻浅的命。哪种命不轻浅呢。对于深情的同类，哪一个是乐观的呢。继而狗又好到哪里去？那么鸡、猪、虎、蚁，那么还有人。一有了形体，便等于打上了罪苦的烙印。有形就有碍。生命是对自由的荼害，是畸形和强制。

## 孤独

当一只出生几天的小猫，独自睡在空荡着的房里，醒来喵喵地叫着的时候，我认可了孤独，即孤独不是缺失，而是生命的本身。就像宇宙中的星空，每个星球都只有自己的轨迹，不能同行，不能结伴，存在即是独行，即是孤独。一个瘦弱的叫深情的小猫从来听不到同伴的言语，所以无法要求更好，因为一切提升和挑战都得有参照物。一个孤独着的人，他渴望拥有透彻的理解和爱，而这种思想与他本身正是矛盾的，他所渴望的不孤独就像是渴望不活着、不独存，就是等于渴望死亡一样荒唐或者彻底。

小深情的命运，即人所能够承担的重量。邪恶荼毒出的生命会在猛然善良的时候将它收回，是说宇宙又转入正常的时候，它不再会挤压出这些可悲的生灵。它不再让我们的身体如此奴役地存在着。等一切归为乌有，那才是我们落落大方的时刻。

收回

天地混沌一片，阒然无声。厚道而没有情绪。没有等级形色，没有物与质的剥离，一切都很公平。

到那时，我们和小深情你我不分。没有生，也没有死。

2010年9月17日星期五

## 女友的情史

我有位美妙的朋友，她曾有一段婚外情史。她坐在那里绞着手与我说了下面的话：

“我想到，人与人的交往真是多种多样的，比如常在坐车的时候就会遇到，比如一出坏事他定会在场，比如他总是时隔一年给你来一次电话，或者还有一种情人，总是往日毫无音信，却总会在半年跳出来一次，相互凝视的时候又仿佛忘记了曾经隔过去的时光，就像昨天他也是这样站在你面前的。你总是忘了责怪他为什么这么久不见，而是觉得从现在开始以后就改了。

“像这样的交往虽然时间隔得太长也还是能够使人理解的，但还有一种更古怪的交往，也许你听了会觉得新鲜，那就是总是在梦里才会交心说话。我首先深信，那是他真的在说话，而不是自己想象出来的。

“有一天清晨，我还是自己一个人，我隐约听见他在说话，那声音太真实了，就像他坐在你对面的凳子上，他说完我就醒了，于是我就知道，这不是梦，是他的心飞过来要与我说的。他平时从不表达，而有时候在他睡的时候可能心就会悄悄地离开他，来见我，这一定是他想做的。他说，我们就这样，一两年后我就会和你生活在一起了。”

那是去年秋天的事。

“又几个月后，是今年夏天，在清晨他又来和我说话：我现在只想一个人生活，再也不去碰触任何感情了。

“我想到，他可能受到一些多情女人的纠缠，猛然觉得自己无以承受，他的心可能被搅扰并常有痛感，所以觉得自己被混在尘世里了，所以他想清静下来，索性他也不想要我了，于是来告诉我，不必等他了。但不久，他还是来了，谁知道他是怎么想过来的。

“又过了几个月后，在清晨他又从梦里来了。那正是七夕情人节，我听见他在向我说一些祝福的话，其实还有一些叮咛。他的声音很小，所以我听的时候有些费力，而且他说了很长时间，大约有六分钟左右。我的心自然觉得很温暖。那一天醒来我等他的消息，但是他一直没有消息发来。我便在想，这是怎样的爱人呢，我还是与他分手吧。我的心痛得厉害，觉得他全不在状态，而自己又这样地等他。

“可是后来又想到，他清晨已托梦给我，已经祝福过我的。所以，我就这样因很玄妙的理由原谅了他。”

后来，我的这位朋友实在无法忍受这种孤独，甚至说孤独是能忍的，关键是彼此的心灵总是有意躲开。“我又不是什么钢筋做的，他把我丢弃在这里以为我行。”她说。

九月的天空坠着一些雨后的湿气，最后她终于没话了。我开始找过铁钳子来帮她咔吧咔吧地把核桃夹开。一会儿我俩眼前已经摊了一小堆碎了的核桃壳。

2007年4月20日 星期一

## 第二十三日或二十七日雨后

有人在敲门。

这时雨已是下到第二十三天，在北方。

她被捂在自己的房子里，睡衣外面套一件黑色的或红色的大褂。不想做饭，反复地只吃一种。具体做了些什么，日子太模糊。

门先是被敲，而后变成了砸。而后静止无音，而后又响起。他有些紧张，开始抬起脚。整座楼的人都听到了，竖着耳朵分辨是哪家。对面的邻居偷偷透过门镜看，气都是小心翼翼地喘。

在一两个小时内，她就这样成了整座楼里居户揣度的焦点，不同楼层的人这才想起一些疑问来。她在房里默不作声，雨还在下，看起来很无期，就像被遗忘的天。她睁着眼睛，平平地躺在床上，很坚定。

雨又断断续续地下了四天，在某个下午，终于停了。她摸到伞，颤颤抖抖地下楼，以至力量都不知道如何用。她用湿布子擦着摩托车上四处洇湿的水，好不容易才坐上去。发动了好久，终于可以启动了。她飞也似的，就像一只风筝正在渐渐地刮向天空。

她驶出那片院子，看到在水淋淋的地面上站着的那些人，他们在走动，在做着自己的事，意识里都想着脚底的水。她沿着一条路继续前行。而后看到几个骑着自行车飞奔的民工，他们脖子上套着柔软的白塑料布，车子骑得很快，塑料布就哗哗地响着，在他们脖子四周纷飞，他们嘴里唱着歌，全身的活力在四周飞溅。她被他们的欢笑给带动。

所以，她在瞬间有个决定，她想去野外，去远些的地方看秋天，雨后的秋天。

途中雨又下起来，她后来决定还是继续。衣服一定会被淋湿的，可湿算什么呢，会恶化成别的吗？不会。她把伞丢到车兜，由着雨落在裙子上。

开始上坡，开始看见野外，看见秋草鲜丽的黄，它们一直被水泡了二十七天，嫩得极想让人吸进喉咙里。还有一些变红的叶子，还有一些深绿的叶子，也只有秋天，色泽才会如此斑斓。

她在上着大坡，雨又大起来，她在雨里惊叫着，她喜欢这样惊叫，就像一个人好好地被丢在冰凉的湖里。视线有些被雨水阻隔，得不停地用手摸眼睛，车轮下的路一溜溜地像小溪从上方的路流下来，泛着泡泡。她专门找水流较深的地方开，迎着它向上，再向上，觉得过瘾。看不到路面，所以有诸多冒险的气氛在里面作怪，她兴奋不已。

她看着路边的野草，忽然眼前一闪，看到几年前的一个影子，一个女人坐在地头用手挖着土，把硬币埋在里面。那是谁。

这北方的野外，淙淙的大雨。她喜欢这样被透彻地打湿，左右望着，看到一条小路，进去，一侧是葡萄园，前方被一扇紧关的大红门阻挡。看了又看，那些远远地穿过篱笆可以望见的紫红的水果，微白。她激动异常，很想打电话给某个人，手机被水淋湿了，黑着屏。

她继续前行，还要去哪里呢？一直走，一直走，直到看到一条倾斜得很厉害的坡路，铺着油漆，前方不见顶。她衡量着是否要上去看看，山的更高处是什么，并且它会伸向哪里。她的眼睛露着快乐，嘴角略带着笑。车在向上爬，呜呜地响着，身子尽量不后扬，怕车兜翻过来，越来越高，没有止尽。一侧是山坡，一侧成为低谷，谷下生着树。渐渐地离平地越来越远，谷地的树就像草一样繁多和渺小。终于蜿蜒着到了山顶，一座小小的山的顶，那条油路窄而平展，四处还有人工种的树。细雨又霏霏起来，偶尔夹着大滴的，四处散着雾气，绿意如此浓烈，清新的空气如此透澈，脚下的山谷一直伸向远方，越过了这座那座分不清彼此的山。雾很深，也很重，如果站在原地张开手使劲地打转，很快雾就会扫湿手臂，再转，就会像竹叶上的水叮叮咚咚地淌下来。

衣服全是湿的，头发贴着脸，此时也许自己模样突兀。她处于无人知晓的遗憾中，四处走走，用手摸摸石壁，又大口呼吸，朝着山谷喊：我爱你们，我爱我自己！她大声地喊，用湿漉漉的手捋湿漉漉的头发，水总跌进眼里，使眼睛潮湿。

伞是红色的，张开着，罩在车兜上。那红在雾雨天里，如此包容和深透，唯有这一点红，连她都是绿的，也浸着水。扬起脸，努力地睁着眼睛，看看雨落在眼里会不会眨动？后来，把雾气的那种湿润和新鲜都吸进肚子里了，彻头彻脚地全灌进身体里。这一回知足了。

带着伞，像壳子一样下坡，从很高的山顶。水淋淋的石壁，水淋淋的路面，水淋淋的手指，水淋淋的呵出的气。她想，如果永远地留在这里，谁会知道？车忽然捏不住闸了，或者闸断了。伞猛然飞起来，像淘气的鲤鱼，一跳，留在岸上。

某年的十月二十六日，米拉没有回到家中，在雨天后的第二十七天里自然消失。

房里静止着，进门来是简单的铁丝鞋架，白色的落了一只柜门的电视柜，上面没有电视，只有空着的饼干纸箱。玻璃茶几上有尘土，卧室里的床上是红色的床单，陈旧的笔记本上有一块蚊香灼伤的点。窗子没有合严，打着一条缝，黑蓝色的很重的帘子静垂着。窗外仍在下雨，窗子很高，离地面有六层远。

仍有人用脚踢门，仍是用着鞋底的疼痛的力量。他可能会惊动视听，逼迫她亲手拨动那只铁门，带着一身的水汽，然后请求她的原谅。我是若歌，他会说。

门没有开，米拉已生活在别处。

某年十月二十二日，米拉的门被踢开。米拉躺在床上。她疑惑地望着来人，她以为自己留在了山谷里。二十六日还未到来。回头，窗外在下雨，这是雨天的第二十三天。再扭头，那人走近她，一身水汽。但不是若歌。

2010年9月16日 星期四

## 文字的情怀

请不要让我老去吧，就让我在此刻永世盛开吧。

2008年12月9日 星期二

## 电缆掉下来的那一天

忘了在什么地方，也忘了当时是怎么看到的，但电缆掉下来了。那大约是一条街，印象里那条街上人很多，似乎离电缆不远的几米处有一个面食店。大家行动往来，做着平时都在做的事，那根电缆就吊在半空中，垂到人的肩处。

从那里经过，觉得惊愕了一下。

原来，人们天天都活在凶险之中，或车，或电缆，和早已酝酿好的阴谋。而我们只是半睁着眼，半点不知。照样懒散地走过它，打着清晨醒来的哈欠。

那电缆吊着，着实是种对人们的警示。但人们照样还是不知道。

2009年5月4日 星期一

## 米拉还在

飞旋在树上的是大串的花。鸟儿扑棱一声，在千里之外的森林。

我盘腿坐在床上，开始盼着老去。

身外是一个喜欢的朝代。我穿着她们的衣裳。

可以望见我的人，请为我微笑。

2015年4月18日 星期六